友谊的小船变巨轮

侏萝莉——著

作家出版社

图书在版编目（CIP）数据

友谊的小船变巨轮 / 侏萝莉著. -- 北京：作家出版社，2017.1

ISBN 978-7-5063-9135-1

Ⅰ. ①友… Ⅱ. ①侏… Ⅲ. ①散文集 - 中国 - 当代 Ⅳ. ①I267

中国版本图书馆CIP数据核字（2016）第209991号

友谊的小船变巨轮

作　　者： 侏萝莉
责任编辑： 如　舟
装帧设计： 阿　赖
出版发行： 作家出版社
社　　址： 北京农展馆南里10号　　**邮　　编：** 100125
电话传真： 86-10-65930756（出版发行部）
86-10-65004079（总编室）
86-10-65015116（邮购部）
E-mail:zuojia@zuojia.net.cn
http://www.haozuojia.com（作家在线）
印　　刷： 北京凯达印务有限公司
成品尺寸： 143×208
字　　数： 171千
印　　张： 8
版　　次： 2017年1月第1版
印　　次： 2017年1月第1次印刷
ISBN 978-7-5063-9135-1
定　　价： 36.80元

自 序

你有没有过这样的感受：你和一个人因为讨厌同一种东西，变成了好朋友；因为粉同一个爱豆，变成了好朋友。

可是有一天，你们的喜好和厌恶都变了，然后友谊的小船说翻就翻了。你不再会和她聊到半夜，醉到不醒；你突然发现除了吃喝玩乐，你们什么都没有。

你是不是也有这样的时候：你和一个人曾经要好到穿一条裤子，他妈就是你妈，别人看你们都像连体婴。

后来有一天，你们都有了自己的生活，人生轨迹各分两边。你们渐行渐远，变得很少联系。相聚不是婚礼，就是过年，可你们一点儿都不觉得陌生，依然无话不谈，酒逢千杯。

因为在这段友谊里，你们都交付了最真的心、最纯的情，你们彼此信任，也能彼此依赖。

友谊的小船变巨轮，因为那个人总能唤起你心底最柔软、最有力量的一部分。

目录

Contents

◆ *Chapter 1*

友谊的小船变巨轮

有一种洪荒之力说来就来，有一种小船说翻就翻。太认真，就输了；不生气，就赢了。

◆ *Chapter* 2

爱情的巨轮变航母

爱情也一样，需要用心去维护。真正的爱情，是不断坠入爱河，和一个人。

◆ *Chapter* 3

梦想的航母永不沉

用笑、暖、萌、逗和翻船的小时代抗衡，左手等梦想，右手去疗伤。

Chapter 1
友谊的小船变巨轮

有一种洪荒之力说来就来，有一种小船说翻就翻。太认真，就输了，不生气，就赢了。

不对亲近的人发脾气是教养

"船"说：

你对家人说"滚"，他滚了，又滚回来。你对别人说"滚"，然后你被打得满地找滚。为什么我们总是对陌生人很友好，而对亲人很苛刻？我不是都说了嘛，因为别人会让你"滚"。

杨澜在采访周国平的时候，问过一个问题：为什么我们都把好脾气留给外人，却把坏脾气留给最爱的人？

她说自己身边很多朋友都有这种困惑，她也一样。周国平先生当时笑了笑，说："这个错误，我也常常会犯。"

是的，这是个错误，很不幸，大部分人都中招了。

◆ 1. 对家人发脾气最安全，获得原谅的成本最小

认识一个"95 后"的妹子，是一个很会说话的人精，在大学的

寝室中，是一个行走的黏合剂。有她在，同寝室的人关系就僵不到哪里去。她看得懂眉眼高低，猜得透别人隐藏起来的小情绪。

有时候我笑她，说她这么小，不该体会这种人情冷暖，放胆去爱，放胆去错，这才不枉少年风流啊。

她突然就不再嘻嘻哈哈了，很忧伤地说："姐，你有试过孤独的滋味，尝过被人排挤的感觉吗？"然后我才知道，她在高中三年里，是怎样被迫"特立独行"着。一开始，她总是说话很直接，动不动就发脾气，虽然她认为自己是"娃娃脸"，哭了之后就是晴天，可是同宿舍的人不买账。哪怕她后来笑得满脸讨好去道歉，同宿舍的姑娘们，也始终心存了芥蒂。和宿舍人关系的逐渐冷淡，让她后来在班级中也变得高冷起来。她把别人最怀念的高中期，称为炼狱。逃离炼狱之后，浴火重生，她就成了现在的小妖精。

她说："我要感谢我的家人——我很自私，这么多年来，我积攒的坏脾气都留给了他们。唯有家，是我肆无忌惮的试炼场，因为我知道，它是安全的，不管我怎么试错，都有转圜的余地。"

是的，于很多人而言，亲近的人才是安全的，哪怕千错万错，在家里，你获得原谅的成本永远最小。对家人发脾气，然后得到谅解，是一种情感的释放和修复。

我们都是弱者，自私地把最坏的一面丢给家人，让他们承受我们的无奈。

◆ 2. 对家人更在乎，因为用了心所以会没有耐心

闺蜜甜甜在同事和朋友看来是一个脾气相当好的人。有时候，身边发生一些很恼火的事情，大家都义愤填膺，唯独她看不出一点愠色。有一次，老板让她和另一个同事共同负责一个案子，后来案子出了点小意外，她的同事迁怒于她，在办公室里对她大发雷霆，她亦淡然自若。其他同事说她真能忍，她说不是忍，而是心里压根儿就没怎么生气。

“最坏的脾气，全留给了家里人。”她自己也觉得无奈，可事实的确如此。

她常说：“我对不熟悉的人向来不计较，因为对他们没期望，也相对没那么在乎。不期望他们理解我，所以要求也很少。我在家里脾气就相对很急，被爸妈骂的时候会反驳，因为我更在乎他们的意见。我妈老说我对他们没耐心，可我知道，我对陌生人看似有耐心，其实压根儿就不用心。”

因为用了心，所以才会伤心。会较真，会争论，是因为比起外人，我们和家人相处的时间更长，对家人的要求也更高。

◆ 3. 家人的期望，会转化成压力，让我们变得焦躁

我有个同事，去年开始就不怎么回家了。公司里提报春节值班时，他总是第一个报名。闲暇时聊天，问他想不想家，他直叹气，“想啊，可真不敢回家。一回家我妈就催我结婚生孩子。每一次，都以我对她大发脾气结束谈话。说真的，看着她躲在房间里难过，我也不好受。”

我很诧异，这个同事脾气很温和，是公司里众多女人心中的谦谦君子，我想象不出来他发脾气的样子。就连公司一些难搞的客户，交到他手里全都服服帖帖。

和他交谈，如沐春风，可他说，他和家人如同针尖对麦芒。他在妈妈的严苛下长大，面对妈妈，紧绷如琴弦。因为习惯了这种紧迫感，面对家人，他不知道如何松弛下来。年幼的时候是沉默，长大了是言语暴力。

“就像结婚生子这件事，其实我心中也有焦虑，妈妈的唠叨和怒斥更是放大了这种焦虑。我比任何人都害怕让她失望。焦虑之下，必有抵抗。所以，对她，我反而最没耐心。”

他让我想起一个表妹，一个活泼可爱，话多又风趣的女孩。面对自己的妈妈时，她完全变了一个人，严肃，沉默，不耐烦。原因，和我这个朋友一样，她把妈妈长期以来的期望，转化成了焦虑。

武志红老师在《为何家会伤人》中，说过一句话：“别把焦虑转嫁给孩子。”

我一直觉得，很多时候，这是家人之间不和谐的一个重要原因。我们可以忽视外在的压力，却往往不得不接纳家人的焦虑。

最后在这些焦虑中，我们会变得越来越没有耐心。不是我们对陌生人太宽容，而是陌生人不会轻易点燃我们潜在的焦虑，让我们陷入崩溃、无理智的状态。

亲人是我们的盔甲，保护我们一路前行，却也是我们的软肋，猝不及防就击中我们的要害。

◆ 4. 胡闹是一种依赖

某种程度上来说，我是一个“作女”，某种境遇里来说，我又算是一个相当知心识趣的人。在家中“作”天“作”地，“作”如妖孽。在外面感天动地，立志成为一朵大写的白莲。

最狠的话，最伤人的事，都甩给了我的家人。一件事情，自己做得欠妥，别人说我几句，我点头如捣蒜，不迭声地说，“是，是，是，下回注意”。可家人说了我两句，我立马掉眼泪发脾气撒泼打滚装无辜。

有一阵时间了吧，在公司，因为工作上的业务，同事说了我几句，我认真地听完，觉得对的记在了心里，不对的也不计较。后来把这事说给某人听，他听完，说了句："你也有不对的地方。你不应该……"本来笑嘻嘻的我，突然就生气了。

"别人不理解我就算了，你为什么也不体谅我？"

"我不需要你去分析什么对错，我只希望你义无反顾地站在我这边。"

这是我当时说的话。很"作"，我知道。

可有时候啊，我就是想知道他会不会在我生气的时候，宠溺地顺着我。我想知道在两个人的江湖里，他会让我几招，又能为我退出多少空间。

我承认"作"，"作"的背后，隐藏起来的小心试探，我也认。胡闹是一种依赖。有时候，我们把最坏的脾气留给最亲的人，不过是因为，你把他看作心底最信赖的人。

而对陌生人，我只想让你看到最好的，那是一种虚张声势，也是一种保留，更是一种戒备，没有人会把自己的底线亮给外人看。

唯有最亲的人能看到完整的自己，哪怕很糟糕，但我庆幸，你看过最好的我，爱过最坏的我。

我从来不是一个完美的人。平凡、愚钝、不够克制。间或那么一二三刻，会逃避一些责任，自私地把无奈转嫁给家人。

我一直以为自己是个活在静好岁月中的宠儿。有一天，当我看到某人因为工作应酬喝得醉醺醺，回到家后强迫自己吐干净，然后继续写报告，发邮件，还宠溺地安慰我说，没事。我才知道自己错得有多离谱。

从没有什么岁月静好，不过是有人替我负重前行，我有幸得此眷顾，本当心存感激。**我们常认为家人的关怀理所应当，其实从来没什么是必须如此的，他们接纳你的坏脾气，是因为他们愿意爱你。**

家不是坏脾气的收纳盒，而是爱的 N 次方。

周国平先生说："对亲近的人挑剔是本能，但克服本能，做到对亲近的人不挑剔是种教养，我们要警惕本能，培养教养。"

我愿意并正在努力变成一个有教养的人。

会聊天就是心里装着别人

“船”说：

“小姐你好”，“你才是小姐”，小船说翻就翻；“我心情不好”，“真的啊，说出来让我开心一下”，小船说翻就翻。为什么别人一和你聊天就想 go die？因为你的心里从来没有装着别人啊。

聊天是一件特别艺术的事儿，当然也好玩儿。

我一大学同学，成绩挺烂，但老师特别喜欢他。放言说他靠一张嘴，就能走遍天下。

为什么？因为会聊天。

我喜欢郭德纲也是这个理由，他能把聊天聊成艺术。想让你舒服就让你舒服，想恶心你就恶心你。

你会聊天吗？曾经一度，我非常不会聊天。

◆ 1. 不懂请闭嘴，聊天请留白

某次，和老公买二手房。房东是个看起来五十来岁的大叔，我们约好在物业见面，他来的时候带了一个八岁左右的小姑娘。

四个人面面相觑，总觉得尴尬。

我先开了口：“呀，这小姑娘真漂亮，是您的孙女吗？”

“是我女儿。”

好尴尬啊（请自行百度大潘的表情）。

老公一见，立马打了个岔。

“看您是开车来的，住的地方离这不太近吧，真是麻烦您了。”

他连连摆手说：“不麻烦，不麻烦，就住在 ****。”

我一听，又来劲儿了。

“啊，我知道那个地方，就在七里屯（一个城中村）那一片儿，

对吧。”

大叔没吱声。

老公说：“我记得那里有个×××（别墅区名），你住一期还是二期？”

大叔笑了，和老公聊得热火朝天。然后，我收到一条微信。老公说：“如果不懂，尽量少说哈。”你看，聊个天，我把自己逼进了死路。

生活中这样的事情非常多。

你刚开口说榴莲，他说好恶心哦。你说起某个明星，他说那个贱货。你说最近有部韩剧，他说看韩剧是脑残。还有一次我领导说起了二婚，旁边一新来的小姑娘立马说二婚的男人是垃圾。

然后他顿了一下，说：“我就是二婚。”

还能聊下去吗？显然不能。

所以啊，适当的时候懂得闭嘴，听对方把话说完。人家和你说起一件事情，没准是想表达喜欢，你却抢着投了个反对票，你以为自己聪明机灵反应快，人家看你像个没教养的弱智。

视觉艺术里，有句专业术语：留白。

聊天也是，你要学会留白。借用朋友的一句话：懂得闭嘴是教养。

◆ 2. 要安慰，请走心

生活中，求安慰的经历必不可少。

大学时，一个舍友失恋了，来找我聊天，说失恋了好难过。那时候，我和我现在的老公恰好也处于分手期，我说别难过，我给你讲讲我的失恋吧。

“打住！我不是来和你比惨的。真是聊不下去。”我们友谊的小船说翻就翻了。

她把她的失恋讲给了另一个室友听。那个舍友安安静静地听她讲完了经过，给了她一个拥抱，后来她们成了很好的朋友。

当然，现在我们都是闺蜜。

她们告诉我说：学会倾听别人，比急着讲述自己来得更真诚。好朋友之间，多点真诚，少点套路。你连我的故事都没听完，就急着去安慰，是不是太不走心？

这个批评我接受。

我老公之前找工作的时候，频频遭打击。斗志昂扬去，垂头丧气归。听到他叹气，我就说："没事，你这么优秀，不要你是他们的损失。"

每回听完，他表示更郁闷。

"都这么优秀了，人家也不要。你这不是安慰我，是在刺激我吧。"

后来有一次，我也面试失败，他学着我的语气说了句一模一样的话，我一听，果然很郁闷。

"你怎么不问问我，面试时发生了什么？你怎么不鼓励我，总结经验，接受教训？"

"是啊，我也想问你，为什么？"

后来，我把这个问题抛给了一个心理学大师。

他说，不如你回答：也许你没拿出最好的状态，你本身可以有更好的表现，你有想过下一次怎么办吗？

老公说："对啊，其实我就是很想和你聊聊这次的表现，下次的改进。可是你一句话就让人失去了聊下去的兴趣。也是够牛了。"

这句讽刺我也接受。

卡耐基在《人性的弱点》中说：做一个善于倾听的人，鼓励别人谈论他们自己，这是让别人喜欢你的方式之一。

其实，人都喜欢把重点放在自身之上。别人来找你安慰，是希望你的目光能专注于他，而不是听你随随便便一句夸赞。当你在聊天的时候，能够摒弃"我"的思想，站在"他"的角度，往往就会得到认可。友谊的小船才不会翻掉。

一个出版界的大牛，我的伯乐告诉我说：没人想听你讲你的故事，他们想听你讲他们的故事。

聊天啊，聊的全是情商。聊得好的都是明白人。

所以啊，要安慰，请走心，别流于表面，走进他的内心听一听。他的心，没那么难猜，答案都在他的聊天中，如果你真的愿意听，不急于给个泛泛的安慰借以表现自己的善良，相信你们也会从泛泛之交变成交心挚友。

想一想，很多时候，你的安慰是不是太刻意了点？

◆ 3. 会聊天，就是心里装着别人

今年做了公众号之后，常常在后台收到读者的留言。有些读者，聊着聊着就成了朋友，聊得最多的是感情问题。姑娘们会在失恋、离婚之后，来寻求帮助。

我经历过三个聊得比较长的，大概都是十几天吧。我没有一开口就给她们说方法，也没说我能给她们提供什么帮助。只是在那十几个晚上，陪她们聊她们想聊的。我渐渐发现，其实她们并不需要我的帮助，在她们开口之前，她们心里已经有了自己的想法，她们更期待的是找一个可能会认同她的人，给她一些支持。

比如，我偶尔说一句，这样会不会不太好。她们会说：是啊，可是……然后讲了很多很多道理，希望我说一句：也对。

这个时候，我不太会唱反调，我会说，照你想的做，更多时候，人跌倒了才能再站起来。

生活中，当别人来向我们倾诉的时候，我们更容易扮演一个去解决问题的角色。其实，他更多的是想倾诉自己，我们要做的是让他打开出口，把积怨倒出去。不知道你有没有发现，当你给他一个建议的时候，他很可能并不采用。

其实啊，别人未必需要我们的帮助。你看似真心的帮助，也许只会让他却步，同时增加自己的烦恼和负担。

人一生很难永远走在阳光下，有时就会掉进黑洞。别人的劝说不过是趴在洞口陪着说话，让身处黑暗中的人没那么害怕，但想从洞里爬出来，往往还得靠自己。

聊天中，我们只需当一个合格的树洞。

这就是 papi 酱大火的原因。她理解了每一个“你”的情绪，她的吐槽里没有“我”，只有“你”。

会聊天，其实就是心里装着别人。我想，这是友谊的小船不会翻于聊天中的秘诀吧。

朋友不是用来娱乐的

“船”说：

“妞，给爷笑一个。”妞不笑，爷说：“那爷给妞笑一个。”然后，她走了，你追在后面说：“好朋友嘛，开个玩笑嘛。”可是啊，好朋友从来不是用来娱乐的，友情经不起所谓的消遣。

包贝尔结婚，柳岩火了。网友们说：**一切不尊重当事人的开玩笑，都是在耍流氓。**

闹伴娘的伴郎都在喊冤：今天大喜，我们只是图个热闹，开个玩笑啊。

可是，看热闹的不嫌事大，被热闹的满腹辛酸。明明被耍了，还无从抱怨，要不然就是玩不起。我都替柳岩叫屈：老娘说了要陪你们玩吗？你们玩我的时候，问过我了吗？考虑我了吗？

没人问，没人考虑。因为，伴娘就是用来调戏的啊。

真不知道这种扯淡的观念从什么时候开始形成的。

但是，连我那一辈子墨守成规的老爸老妈在曾经某一刻得知我要做伴娘的时候，也曾对我进行夺命连环call，苦口婆心地劝我：别去当伴娘啊，伴娘都是陪玩的，你都不知道那些参加婚宴的男人们，脑子里藏着什么龌龊的想法。婚礼，给了他们一个光明正大调戏女人的机会。

我爸说："小心被人左拥右抱。"

当然，那时我不信。

哎呀，都是读过书的人，总要讲文明的嘛。所以，我义无反顾地为朋友两肋插刀，还是去当了伴娘。结果，那天，我听到了有生以来最多的高格调带色儿笑话，收到了无数个戳瞎双目的"媚眼"（贼眉鼠眼）。

果然，流氓不可怕，就怕流氓有文化啊。
（人果然还是要听麻麻的话。）

但是鉴于我比较污，而且集美貌与才华于一身，最终，成功调戏了一帮臭男人，所以他们“羞涩”地离开了。还好没有友谊，翻不翻船无所谓了。

柳岩比我惨。

第一， 她比我美；第二，她穿的比我少；第三，她比我有名。

所以，她成了伴娘里最容易下手的那一个。贾玲，你懂的。其他伴娘，嗯，惹怒了她们谁知道好不好收场呢。

他们以为柳岩不会怒，因为她走的性感路线啊。

可是，性感就等于放荡吗？

穿得少，就等于不要脸吗？

平常嘻嘻哈哈，就代表真的不在意吗？

又美又性感，就活该不被尊重吗？

我看过柳岩很多访谈节目，她虽然胸大，但绝对不是无脑。她和娱乐圈众多明星保持极好的关系，成为众多屌丝心目中的女神，在《欢乐喜剧人》中，被王宁、大潘双双邀请，靠的不是她的胸，而是智慧与人格。

然而，当她穿着湖蓝色的抹胸礼服，以伴娘的身份站在婚礼现场，他们只记住了她的胸。有几个人能看到，在和新娘包文婧合影时，她把手放在自己的胸前，显然，她并不希望人们过多地把眼光投放在某个点。

她其实是以主持出道，结果因为胸而成名。有人称其为幸运。可是对于胸有大志的人来说，也是一种无奈吧。

她在《煎饼侠》里的眼泪，我相信是真的。那些年的煎熬也许现在也无几人能懂。

舒淇说过，要把脱掉的衣服一件件穿回来。可是很难，人们喜欢贴标签。

一个娱乐圈的工作人员说，以前某次录节目，柳岩穿着普通的衣服到了，但是公司又非让她回去换件性感的，因为她的定位就是性感。没办法，她不得不回去又换了一件才回来。

其实相比唐嫣这种萌甜定位的女星，柳岩这种定义的女星挺心酸的。她和唐嫣一起参加跑男，一个被当成小公举，一个随便开开玩笑无所谓了。

可是，性感是种资本，同样也应该需要尊重。

胸大不是她的错。以为胸大就活该，那是你们有偏见。

当柳岩抱着贾玲的时候，那种恐惧真真切切。毕竟是个女孩子，毕竟还穿着裙子，毕竟还有闪光灯。

可惜，开玩笑的朋友看不到。因为他们的心声和柳岩可不一样。有的也许是图个乐，有的恐怕在看笑话。所以，友谊的小船说翻就翻。

然而我以为，一些事情，究竟是开玩笑，还是戏弄，应该由当事人来表态，而不是其他谁说了算。

视频刚出来的时候，有人说，柳岩不会表态。不，其实她已经表态，只是她不说出来，大家就装傻当作不知道，还能用一句“当事人都没说话，关你屁事”，堵住很多人的嘴。

微博上，这件事议论挺热的。最高的呼声是：这是男性对女性的不尊重。

我承认，是不尊重。

但恐怕，不仅仅是对女性的不尊重，更是对人性的不尊重。

人们特别喜欢贴标签，然后把你钉死在道德的十字架上。

把你定义为性感，这样才能撩拨你。

把你定义为卑微，这样才能鄙视你。

把你定义为人渣，这样才能辱骂你。

娱乐了别人，才能爽到自己。

人以群分，就是这么来的啊。

然而，对人性的真正尊重，其实是人以个体分。

柳岩让我想起蒋勋的《孤独六讲》里一个小女孩儿。

她喜欢超短裙，然而学校规定不让穿。认为那是不美的，放荡的，只有不良少女才会那么穿。

她于是用了一根皮带。在无人看见的时候，把那条长裙子折成短裙，用皮带固定。然后在校门口，微笑着松一松皮带，成为一个好女孩儿。

这是她的小秘密。也是人性的秘密。

我穿得少，不代表我放荡。

我沉默，不代表我没意见。

我特立独行，不代表我有病。

每一个正在生活的人，都应该被温柔相待。中国人群居而离心，外国人离居而同心，小船说翻就翻，因为我们从来没有同心协德。

有了钱，更有能力做个好人

“船”说：

有时候，你特别希望当个好人，也希望善良永不翻船，但偏偏摧毁你的是没钱。我喜欢赚钱，因为不想被钱折磨得失去底线。

时光退回到N多年以前，苏格拉底问克法洛斯：“在你看来，拥有很多很多的钱给你带来的最大好处是什么？”

克法洛斯说：“这个最大的好处，说出来未必有人相信。”

好处是什么呢？一言以蔽之：金钱可以让一个好人的品格更高贵。

克法洛斯已至暮年，对于因果报应开始感到不安。他对苏格拉底说：“一个人，问心无愧，美好希望就会与他同在，并安慰着他的暮年。”

而有钱，最爽的就是，他不用为生计做不得已的事情。

读《理想国》读到这一段，心里恍然间被开了一道光，仿如和尚披上了袈裟，悟空拿到了金箍棒，白骨精吃到了唐僧肉。

畅快淋漓。

老头，你“三观”怎么这么正？

是的，在这个物欲横流的世界，我当然也爱钱。理由很多，诸如，有了钱我可以包养男神啊，有了钱我可以买下整个鱼塘啊，有了钱，老人生病我不用跪求医生啊，孩子想读好学校，我用钱堆个学区房都行啊。

但是，从来没有哪个理由，如此万般让人心碎：有了钱，我可以好好做个人。

都说人有了钱会变坏，比这更无奈的是人因为没钱而不得不去做“坏”事。

有多少人因为没钱，而屈服于规则，委身于污垢，从违心变得无心。

早年看电视剧《北京爱情故事》，张译饰演的石小猛数度让我飙泪。一无所有，无家可依，别人拼爹他拼命，可是哪怕拼命，他也只能看着北京鳞次栉比的高楼，徒留一声叹息。朋友一顿饭，是厨房里全套的吊顶与橱柜，全北京川流不息的好车，碾压着他卑贱的梦想。

他是全剧活得最憋屈的人。为什么？因为没钱。奋斗了十年和别人坐在一起喝咖啡，一杯猫屎都比他来得高贵。

为了能在艰难的世道里活得好一点，为了一份兢兢业业不想丢掉的事业，他被逼无奈放弃了自己的女人。然后被扣上虚伪、腹黑、狡诈的帽子，输掉人品，输掉爱情。

而那个一出生就含着“金汤匙”的“疯子”显然要比他潇洒多了，接过他的女人，做一个爱情里的“好”人。然而对于“疯子”，我并不觉得他有什么了不起的。

石小猛不想做好人吗？NO。但凡有选择，谁也不愿意成为人人喊打的过街老鼠。

还不都是没钱闹的。想要钱吗？拿点好东西换啊！于是交出良心，交出喜欢的一切。

这就是没钱的代价，你必须随时处在被金钱威胁的困境。像张爱玲《金锁记》里的曹七巧一样，披一身黄金的枷锁，苟延残喘着。

没钱，就没有选择。有时候，我渴望金钱，是因为我希望我的人生能多一点选择权，而不是被现实的困顿裹挟着，每一步都走得那么违心。

人生，很像一张答卷，每个人拿到的试卷完全不一样：问题雷同，选项多变。

你手里的筹码越多，你看到的选项也越多。如果很不幸，你手里一无所有，相信我，当你一厢情愿选择心仪的答案，会有一个后台系统提醒你：对不起，您的系统查无此项。

《欢乐颂》中的曲筱绡为什么那么潇洒？因为她的人生根本就是个高配，她不用被钱逼迫着去做自己不喜欢的事情。

樊胜美的低配人生，就凄惨很多了。一件红色大牌裙子，就让她轻易地夜不归宿了。她是爱慕虚荣，因为她没得选择，家里一屁股的烂债，追着她去堕落，全在呐喊：钱啊，都是钱啊。

不然怎样，看着哥哥被人砍，母亲被人剐？别管那个家怎么千疮百孔，毕竟她爱着。

我甚至有点不敢想象，如果奇点不借给她钱，会怎样？

她愿意做那个被曲筱绡奚落的“捞女”吗？才怪。谁不想干干净净，清清白白，没那个福气罢了。

我幼年生活的小镇上有一对三十多岁的夫妻，一直想要一个男孩子。后来，因缘机会，他们从医院抱回来一个男孩儿，很可爱，他们从医院走廊经过的时候，那个孩子冲着他们一直笑。女人被这孩子笑得一颗心都酥了，后来从医院处得知这个孩子是弃儿，就收养了。养到了两岁半，孩子一直不会走路，说话只能发出简单的音节，送到医院检查，才发现有很严重的先天性疾病，夫妻两人花光了家里所有的钱给孩子治疗，迟迟没有起色。

山穷水尽，他们于一个夜晚把孩子放到了市里福利院的门口。很长一段时间，夫妻二人以泪洗面，他们不愿再提这个孩子，觉得那是良心上生生剜下来的肉。

“如果有钱就好了。”很多年后，女人提起这件事，只说了这么一句话。

是啊，如果有钱就好了。如果有钱，他们不会丢弃那个小生命，不会从此活在良心的指责中，他们会用钱换他一个残缺但安稳的人生。

品达说："如果一个人一生待人公道，对神虔诚，那么引领人心的希望，就会与他形影不离，让他一生快乐，老来安宁。"

谁不想老来无憾，道一句"问心无愧"呢。

遗憾的是，我们不得不对世俗低头。

我觉得钱一点都不脏。恰恰相反，钱，有时候，会成为生命温暖的底色，让我们不会变得越来越脏。

当然这不意味着有钱就一定是好人，穷人就是坏人。我想说的是，钱会让你的人生多一些选择。

《致我们终将逝去的青春》里陈孝正说："我的人生是一栋只能建造一次的楼房，我必须让它精确无比，不能有一厘米的差池。"

陈孝正人生的地基，是金钱，他的地基太薄弱，没有失误的机会。为了人生可以安稳一点，他丢掉了最珍贵的东西。如果，他的钱再多一点，地基再好一点，很多信念与美好便不会坍塌。

这是陈孝正的无奈，其实，是很多人的无奈。为钱而低头的无奈，藏在高楼大厦的缝隙，躲在车水马龙的喧嚣中，踩在女人的高跟鞋下，如烟雾一样缭绕在男人的指间。

柴静说：“当下的社会，坏人做坏事不可怕，可怕的是好人不得不做坏事。”

我喜欢拼命去赚钱，因为我想积攒那么点做好事的资本，想让自己的人生少点身不由己。

钱，可以让我少低一次头，少弯一次腰。

高情商的女人永无困境

“船”说：

美貌的女人永无困境，高情商的女人永不翻船。美貌又有情商的女人，早晚都能活得闪闪发光。

2015年，我说，不看《琅琊榜》不好意思出门。时隔一年，这个剧组又推出了一部女主戏，闺蜜和我说：“不看《欢乐颂》，就别找我喝茶逛街。”

看，必须看。

不过，我还是要说一句，比起《琅琊榜》，《欢乐颂》的确不完美，首先允许我撒泼一下：导演大人，跪求你换掉旁白，换个造型师！

可是，《欢乐颂》的迷人之处也在于不完美。同事们在班车上聊起这个剧，一个劲儿地拍大腿：好看，哎呀，终于我们的女主戏，不再那么玛丽苏了。我老姐也追这个剧，她说：接地气，代入感强。

是的，欢乐颂小区22楼的姑娘们，都不完美。她们或多或少都有一些小缺点。

安迪强大又天真，高冷孤僻，初次露面就报警虽然屌炸天，但真摊上这样的邻居，你要不骂一句“神经病”，老子信了你的邪。

樊胜美仗义热情，聪明干练，却虚荣懦弱，看起来无所谓，实际上放不开。据说后期人设会崩，大家忍忍。

小曲是个大写的人精，骚劲儿十足的明朗小狐狸，开玩笑总是踩过界，看破非说破，少了点体谅心。

邱莹莹就是个黏人的糊涂虫。樊小妹说她单纯可爱，小曲说她拎不清，都对。

关关呢，努力上进，又软弱纠结，太在意别人的评价，活得很拘谨。

可我依然爱惨了这个剧以及剧中的姑娘。和《琅琊榜》满屏的孤独感不一样，《欢乐颂》充满了烟火缭绕的气息。剧中一系列热搜词：兰博基尼撞车、渣男、女人为什么爱买名牌包、网络人肉等，都会让你感叹：嗨，生活一地鸡毛，我们要高歌前进。

她们根本就是我们啊。参差多态才是生活的本质，优点与缺点鲜活了每一个个体。

先说樊胜美吧，追《欢乐颂》的过程中，好几个小伙伴儿问我，剧中最喜欢的人是谁。必须樊小妹啊。虽然虚荣，但她依然活成了我心目中一个女人应该有的样子。

通透：看人入里

樊胜美的配置像是一台 3D 打印机，打眼一扫，便能扫清你的五脏六腑，龌龊的小心思在她面前无处遁形，但她不喜欢揭穿别人的人生。三十岁，职场、情场摸爬滚打过，常年混在人堆里，冷暖尝遍，面对遭遇，有不慌张的态度，这是她的底气。

和安迪吃饭，几句话，她已猜到安迪的心思，推断出其经历。安迪欲言又止时，她适时地让安迪别勉强：不想说就不说，等你想说时，我随时奉陪。高冷如安迪，都觉得和樊胜美在一起很舒服。**她融入你，但不干涉你，看穿你，却不揭穿你。**

白渣男半夜给“小蚯蚓”发短信，她说：“如果心诚，邀请短信就应该在适当的时间提前发出，要给女孩儿一个思考矜持的时间，怎么会选择深更半夜啊？如果是不帅的白主管发这样的短信，你会不会认为这是一种性骚扰？那么请你一视同仁。”这句话说得鞭辟入里，只要智商在点线，都会用心去考量一下这个男人，可惜“小蚯蚓”的智商已清零。**她能一眼看穿表象，略去被人约的喜悦，看透男人撩拨女人的本质，这是她的聪明之处，冷静自持，看人入里。**

“小蚯蚓”被整，公司暂停了她的工作，别的同事都在敷衍地安慰小邱，说没事的。樊胜美却劝小邱赶紧找工作。因为工作暂停已说明小邱的主管不打算保她，再者，小邱当着全公司人的面，揭穿白主管做假账，看起是对的，实际上破坏了江湖规则。

这种事情，我们公司也发生过，最后当众揭穿别人的和被揭穿的，都直接滚粗了。很显然，老板认为，两个人都不是什么省油的灯。企业里混日子，睁一只眼闭一只眼，谁也不比谁干净太多。**成人的世界，哪有什么非黑即白，多是灰色地带，小邱不知天高地厚的单纯，实际讨人嫌。樊胜美不过是在告诉她：成人世界，没有对错，只有利弊。**

幽默：善于自嘲

情商高的人，往往都比较幽默，因为懂得利用语言化解尴尬，善用自嘲化解敌视。樊胜美就是这样一个人。

帮安迪开门的时候，她不小心把自己家门给锁上了，很无奈，安迪说，在她们回来之前我可以请你吃饭，她自嘲地说，盛情难却啊。电梯里，她开玩笑说：要不我们AA去吃中餐，八大菜系应有尽有。安迪立马说，不行，说好了我请你的。她双手一摊：我也没带钱。安迪忍不住笑了，窘迫感瞬间瓦解。

得知准男友王柏川的宝马车是租来时，她自嘲说有人约会总比空窗期好。帮王柏川搞定客户后，王柏川送了她一条爱马仕的丝巾，小曲本来还想安慰她来着，她自嘲地说：这是我应得的，难不成他还能租一条爱马仕丝巾送我？

小曲说：我就喜欢你的幽默。**这是樊胜美的利器，幽默，会让人忽略她的无奈、不爽，转而欣赏她。亦舒说：自嘲是保护自己的最佳方法之一。太TM真理。**

独立：积累自己

有些姑娘的通透，属于看别人一看一个准，临到自己却当局者迷。樊胜美不，她知道自己有几斤几两，所以按图索骥。

砸白渣男的屋子时，她只砸不值钱的东西，有那么点价值的电脑，她动都不动，一方面是迫于没钱，但更重要的是她清楚：闹到什么程度，是她可以摆平的。

小邱找工作的时候，说希望找一个像关关那样的工作，樊胜美直接点醒她：哪那么容易，进那种公司，要么背景过硬，要么实力超强，关关的英语能力可以直接看原版的《生活大爆炸》，你能吗？

她坚持认为，大多数普通女孩子，要的是脚踏实地的积累。所以她努力工作，拼命变美。她常说一句话：工作才是唯一的依靠，绝对不可以在没有出息的男人身上冒险。

这么多年来，她爬到现在的位置，拥有这样的情商，全靠积累。所以她能快速帮王柏川搞定房子，可以当安迪活的GPS，也才能成为小邱嘴里无所不能的樊姐。一个人的时间用在什么地方是看得见的，小曲用在人脉，安迪用在工作，樊胜美用于独立活在上海。**她比谁都明白：女人独立的姿态有多性感。除了自己，谁都不可能跟你一辈子。**

仗义：善待朋友

出来混，大家都不是傻子，用没用真心，谁比谁门清。樊胜美能成为2202的主心骨，除了交际手腕很高明，最重要的她是真的用了心。

她提醒小邱提防渣男，给关关讲职场之道。小邱受伤的时候，她第一个冲出来。关关和小邱闹别扭，全靠她化解。她帮安迪开锁，解除安迪心中疑惑，后来安迪被人黑上了网，第一个站出来保护安迪的也是她。即使对“作妖”的小曲，她也能帮则帮。

对于普通女孩，樊胜美像是最好的导师，温暖、真诚、不矫情。对于活得漂亮的，她又像是战友，懂得进攻，亦懂守护，有她在很安全。失恋失业的小邱，和谁都闹别扭，唯独听樊胜美的话，安迪那么高冷，却喜欢和她聊天，不是没有道理的。她保护你，却不把善意当炫耀的资本，深谙世事，却不世故。她不是没有 bug，更不是没有忧伤，但她总能深掩内心失落，抬首跃马扬鞭。

看破不说破，通世不入世，知人不评人。难得的聪明啊，樊小妹，你的确值得拥有。

爱樊胜美，还有其他理由吗？当然，要是没有蒋欣的美貌，以上四条你以为真能入我的眼？太天真！不是都说了嘛，美貌的女人永无困境，没有你的脸，鬼看你的心。

樊胜美当然清楚这一点，所以她对自己的皮肤那是相当珍惜啊。樊胜美有一句名言：10 点 30 分要上床睡觉，11 点要进入深睡状态。

她爱敷面膜，再困再累，睡前护肤的步骤也一点儿都不马虎。不要小瞧这些小习惯，真正坚持下来的女人并不多。

对大部分女人来说，变美的渴望敌不过懒的渴望，所以没有丑女人，只有懒女人，说的一点都没错啊。

友情往往死于敷衍

“船”说：

你可以过得好，但不要过得比我好啊；我找你借钱因为我们是朋友啊，你催我还那就是你的不仗义了。好像每一种死掉的友情，都因为嫉妒和利益，其实，全是因为私心。

微博上有个传言，说杨幂和刘诗诗从最好的闺蜜走到了最淡的路人。很多人感叹时光一去，各成方圆。我想也许她们依旧亲密如初，只是不欲与人言。

流言纷扰下，总有一些世事无常。

我一朋友以前有个特别好的闺蜜。两个人小学同班，初中同级，高中同校，大学也商量好去了同一个学校念。

毕业后，我朋友越混越好，从一个三流公司的小职员，变成了一流公司的人事主管。而她的那个朋友，毕业后早早嫁人，一开始在城市打拼，后来又回到老家，日子过得越来越清贫。

因为穷，戾气渐重，家庭关系也愈发不和睦。前一阵，我这个朋友结婚，给她闺蜜发微信，闺蜜问了她将嫁老公的情况之后，不再吱声。结婚前几天，她再给闺蜜发微信，发现自己已经被拉黑了。

朋友从别人那里要了闺蜜最新的电话，问为什么。

她说：既然你过得那么好，就没必要让我知道了吧。

朋友心中顿觉凉寒：从前你不是一直说，希望我过得很好吗？

朋友的闺蜜挂了电话。此后她们不再联系。

你可以过得好，但不能过得比我好。谁说爱情要势均力敌，友情也很现实的好伐。你过得那么好，友情的小船一歪掉，说翻就翻。

借钱是一件特别尴尬的事情。

前些年买房子的时候，因为还差一点钱，准备向朋友借。老公拦住我说算了。借钱这种事情，最容易伤了和气，搞不好友谊的小船说翻就翻了，不值当。

心里是不太相信的。朋友不就是用来麻烦的吗？

为了夫妻的小船不能说翻就翻，我最终放弃借钱。老公很得意：你看能用信用卡搞定的事情靠人干吗啊？

前几天，一个朋友管我借钱。身边其他人都劝我别借，说她在为他男友借钱，而她男友，不靠谱。

我很为难。不借吧，友情的小船说翻就翻，借了吧，估计还是要翻。我还是把钱借给了她，但从此以后她对我不再像从前那般亲密。还钱的时间到了，我既不好意思让她还，又担心不还了我该怎么办。

人一旦有利益往来，友情往往不容易单纯。身边两个非常好的男闺蜜，以前各自工作，去年开始合伙做生意，赔了互相埋怨对方，赚了，还是埋怨对方：为什么分给我的钱没你多？

后来生意完蛋，两人散伙。

家门口有家酒店，刚开业的时候我在里面办了张卡，钱没用完，公司关门了，整顿一个月又开门了。周而复始，一年折腾了好几回。

后来，钱用完了，我让老公充钱去。

他说：算了，这酒店是几个朋友合伙开的，因为利益问题，天天干仗，他们友情的小船说翻就翻，你的钱说打水漂就打了水漂。仔细一想，真是那么回事。《小时代》里友情时代尽，互撕时代启，何尝不是这个道理。

友情这件事情，共苦的时候和谐，同甘的时候就分裂。利益无关时共生，利益纠葛时独活。所以啊，友谊的小船装上钱，说翻就翻。

这几天有个读者和我聊天（加我的时候这么说，听说你可以陪聊？我可以加你微信吗？宝宝，我是好心帮读者答疑解惑，不是什么“陪”啊）。

她说认识十多年的小伙伴把她拉黑了。

我立马问：你犯了什么弥天大错？

她说：也没什么大错啊，她说她特别喜欢吴亦凡，我就说了句脑残。

我愣了几秒。然后发了个崩溃的表情，回她说：你竟然攻击人家爱豆？这个错误还真够弥天的，简直比孙猴子大闹天宫还严重。

她冷哼了几声：至于吗？不就是说了她爱豆几句吗？

不不不，亲爱的，你不是在否定她的爱豆，你是在否定她的价值观啊。

身边有很多因为小事而绝交的好朋友。人家找个男朋友，你嫌low；人家追星，你嫌弱智；人家兴冲冲逛淘宝，你说廉价。她不搭理你，明显是在告诉你，绝交啦！

就像这个读者，自己也好奇究竟为什么。难道好朋友之间就不能相互质疑，说点真话，指出缺点，共同进步吗？能能能，可是追星是缺点吗？逛淘宝是缺点吗？别装了，不过是你不喜欢这种生活罢了。没有对比，就没有伤害，你把自己作为女神模板，看人家处处不顺眼，老实讲，友谊的小船早该翻了。

所以，亲爱的读者宝宝，你根本就是希望好朋友同步复制你的审美观、爱情观、价值观啊。

想一想，你们每一次争吵，是不是都始于你自以为是的评价？我们为什么不喜欢别人指手画脚，不就是因为谁都不想被掌控吗？

我们对陌生人宽容，对亲人苛刻，是因为我们都不希望，最爱的人也高高地凌驾于自己之上。

这世间的每一项事物都在建立联系，正如这世间的每一项感情，都是在用一颗真心，穿针引线。

友谊的小船说翻就翻，是因为我们在世俗缭绕中，渐渐丢失了那颗真心，转而用所谓的物质、利益、得失来建立彼此的联系。可是啊，唯有真心向着同一个方向，彼此忍耐，彼此扶持，才能拨开迷雾，抵达彼岸。

如果你的人生中，友谊的小船说翻就翻了。不如找一找，人生初见时那颗真心。

那个读者说：我决定给我的朋友道歉，希望她能原谅我的自私。

几天后，她说，过程那么险，结局那么美。

我说，亲爱的，我们都是偏执狂，渴望友情，期待真心，却因芥蒂渐行渐远。

当我们独自在穿山越岭的另一边，我知道孤独没有尽头。当我们汲汲营营低头赶路，忘了给身边的人一个拥抱。

冷漠拉远了距离，友情无声无息沉没海底。一辈子有多少个来不及，我不要你感叹人情无常，我只要你等我在时光的原处。

友谊的小船说翻就翻，还不是因为你喜欢指手画脚

“船”说：

好朋友不能长久？还不是因为你喜欢刷新他的“三观”。友谊不翻船的理由，说来说去，还是尊重。

人长大了，好像也没什么特别的好处，除了领会一些从前不屑一顾的经验以及变得“好为人师”。

换句话说，开始喜欢对别人指手画脚。

看不惯女孩子吸烟、喝酒、动不动爆粗口。看不惯男孩子吹牛、撩妹、没事就瞎嘚瑟。可是，凭什么呀？他们并不需要我的喜欢。

每次我妈教训我，必以一句“我吃过的盐比你走过的路还多”

开头。小时候，觉得这句话任何一个长辈来讲都天衣无缝，所以从来也没敢反驳。

可是，现在，谁让我对我的小辈们讲这句话，打死我，我也不愿意。

根本就毫无逻辑，不是吗？我吃着“90后”的盐，他走着“00后”的路，不在同一维度的经验，讲了也白讲。

你的人生和别人的人生，根本就是一个点发射出去的不同光线，轨迹各有不同，他凭什么必须重复你的失败与伟大？

同事小艾最近就被所谓的经验烦透了。

其实，本来是件挺开心的事：她怀孕了。然而一夜之间，她成了众矢之的。从前受欢迎的女同事小艾变成了最讨人厌的孕妈小艾。哎，友谊的小船说翻就翻啊。

今天这个说：“怀孕了不起啊，看她那娇滴滴的样儿，又不是我让她怀孕的，凭什么事事都让着她？”

明天那个说：“我最烦怀了孕就把自己当回事的人，这个不吃，那个不能做，我怀孕的时候，怎么没像她这么事儿的？”

小伙伴们纷纷上线了，一个个像被烧了毛的猴子，而小艾看起来像个拿了火把的罪魁祸首。

可其实，她什么也没做。

怨声鼎沸，不过都是为着一些细节罢了。

比如，一起吃饭，有人推荐了一款美食，大家纷纷说好，小艾摇头拒绝，说里面有些东西孕妇不能吃，那人当时就脸有愠色，说自己怀孕的时候，想吃什么吃什么，不也没怎么着？

比如，某天小艾把报告发给了一个男同事，拜托他打印一份，有人就在她身后嘀咕：怕辐射干脆就别上班了。

连平时公司里很少议论是非的Sara姐，也说小艾是娇气了点。

站在自身的角度，去衡量别人的事情，凭借既有的经验，去判别事物的对错，哪怕道德标准立得再高，还是容易走入一个误区：别人都没如何如何，就她搞特殊，那么她一定是不正确的。

然而，别人根本就不是小艾啊。

因为体质的原因，她已经流产了两个宝宝，这一次，医生特别嘱咐：一切都要注意。

她小心一点，有什么错吗？

也许，别人说的都是真的，也许别人的经验也都是宝贵的。然而那对小艾来说并不适用。有些人怀宝宝、生宝宝都很顺利，但也有些人，想当一次妈妈，都不能如愿。

每个人都生活在不同的风景里，也许你的安稳又静好，而她的，动荡且破碎。

因为环境不同，每个人获取的经验也必不相同。很多时候，我们并不需要别人的理解，但千万，别拿你的经验，为我的人生盖棺论定。

我不需要指手画脚，我只需要一份尊重。

如果可以，我希望当你备好了所有词汇，决定骂我的时候，能不能问我一句："为什么要这么做？"

也许那个时候，你会明白，背后的故事和你看到的完全不一样，而真相早已淹没在流言蜚语中。

小艾让我想起了那个在地铁等车时，蹲在地上的姑娘。

她也一样压根儿就没做什么伤害别人的事情，就凭空成了各大媒体的热门。被千千万万个不认识的人指责没教养。民众喜欢站队。

“我穿着高跟鞋，跑了一天这么累，也没蹲着啊，多不雅观。”

“现在的小姑娘，怎么都这样了，随随便便蹲着多难看。”

是，我相信一定有一些姑娘是这样的：行走坐看，样样都极为优雅。但也有一些姑娘，有点糙，有点爷们儿。

既然你们谁都没碍着谁，她没跳起来指着你鼻子骂你“装白莲”，你又凭什么，鼻子一哼，说她“没教养”。

再者，退一万步讲，哪怕社会明确规定：蹲着就是没教养。为什么，我们不能先想一想那个女孩子干吗要蹲在那里？

我们习惯了先以自己的经验来判断。所以犯了“好为人师”的臭毛病。

和我想的不一样，错的，先批评。

和我做的不一样，还是错的，继续批评。

可是，你的人生有你的道理，别人的人生也有别人的意义。

从来没什么对错，只有不同。

每个人的生活经历和态度都不一样，千万不要拿自己的标准衡量别人。我相信，你也一定不希望你身边的朋友拿他的标准来衡量你。

尊重，从来都是相互的。

不要动辄就对别人的生活指手画脚。

哪怕你是长辈，是好朋友，是成功者。

但你永远是你，而我永远是我。

山有峰顶，海有彼岸，树有枝丫。人，生而于世，各有苦衷。下一次，当我们忍不住，对别人指手画脚的时候，问问自己凭什么。你要知道，尊重是友谊最舒服的状态。

成长是接纳翻船的过程

“船”说：

翻船怕什么？反正成长是一个不断试错，接受吐槽，最后蝶变的过程。总有一天，我们终能学会把哭声调成静音。

追《欢乐颂》的时候，靳东一出现，我就画风一转，转到邱莹莹这里，我就有砸电视的冲动。和朋友吐槽她的“万人嫌”，她咯咯地笑，而后回我：“别急着讨厌她，谁不是从萌蠢的时代过来的？”

“萌蠢”？我回味这个词，然后果断删掉“萌”，留一个大写的“蠢”给邱莹莹。

作为一部女神集聚的电视剧，邱莹莹承包了99%的吐槽点，分分钟阵亡在观众的唾沫星里。

◆ 1. 界限不明，是非不分

小曲常说一句话：拎不清。22 楼的五个女孩儿中，邱莹莹是拎不清的重度患者。她和白主管同居，樊胜美不赞成，好心编了个堕胎的故事吓唬她，她不领情也就算了，还回了一句："我不想等到三十岁还嫁不掉。"完美演绎了"我给你一颗糖，你给我一巴掌"。

她读《洗脑成功学》，安迪看到，好心点拨她，她却坚持认为安迪是瞧不起她，杀气腾腾地找安迪争论，逼得安迪无奈扔下一句："不与傻瓜论长短。"

人人都看得出来，她被渣男骗，但别人一个电话，就能让她和全体闺蜜站在对立面，关关好意提醒她，她认为人家是在嫉妒她。为了一个坏男人，贬损所有好朋友，脑子真是坏掉了。

◆ 2. 又嫉妒又自卑

杨紫的演技真的很厉害，她用小动作演绎出了女孩的小心思。关关听不下去她替白渣男说话，和安迪一起躲到卫生间，出来的时候，她说：关关，你现在和安迪姐都好到一起上厕所的地步了。言语间的落寞与嫉妒，真是表现得恰如其分。

和小曲闹矛盾的时候，她生所有人的气，无非还是嫉妒与自卑，觉得最好的朋友背叛了她。这种小情绪，其实是女孩子特有的心理，她不能接受她最爱的朋友，竟然和别人也那么好。

失业之后再找工作，她学樊胜美走路。樊姐说，别学我，学关关。她就嘟嘟囔囔说了句："我活了二十多年了，还要学关关走路。"**既喜欢又嫉妒，互相支持，又同时竞争，真的，这才是女孩子友情的真实写照啊。**导演，讲真，你是不是请了女性顾问。

◆ 3. 情绪化爱抱怨，不独立

失恋、失业的双重打击，让邱莹莹的缺点集中爆发。这段时间看邱莹莹的戏份，说实话，是种折磨。

怨天怨地怨朋友，有用吗？为什么不趁着这段时间，好好找工作？ 22 楼的每个人都已忙飞天，她却黏糊糊地打扰别人，像没完没了的祥林嫂，把所有坏情绪转嫁到别人身上。**不是别人不理她，是没有人负担得起糟糕的人生。**

她很不独立，遇见事情，一哭二闹三折腾爸妈，唯恐天下不乱。直到所有人都避着她，又经樊姐点拨，她才反省自己的错误。

◆ 4. 不优雅，不美，没教养

她吃东西的样子肆无忌惮，大口吞，咂巴嘴，动不动就想吃别人盘子里的东西，其实，和别人也没那么熟。

她超级没品位，能从一堆好看的衣服中，挑出最难看的几件，走路不淑女，说话很大声，叽叽喳喳没有片刻安静，小到嘴边零食，碎到周边八卦，大到和男友的趣事，都能拿来和人分享，也不管别人有没有兴趣。

年龄再大一些，邱莹莹绝对是泼妇的即视感。和别人闹翻了，当场就能干起来，完全不分场合，也不懂看人脸色，惹麻烦的能力倒是一流的。

这样的女孩子，放在颜值爆棚的荧屏上，沦为槽点是必然的。

可我讨厌她的同时，依然爱她。她最真实，最有代入感，很像我们身边的一些朋友，不懂与人交往的界限，说话往往嘴比心快，看不清场合，搞不懂气氛，一遇见事情，脑子就 out，恋爱时，双商干脆直接欠费。

然而，邱莹莹有邱莹莹的好。她单纯直接，像安迪说的那样，她生气不知道为什么，道歉也莫名其妙，可那就是青春啊，快乐和烦恼都很直接、简单。她热情爽朗，做错了事情乖乖认错，动不动和你撒个娇，再冰冷的心，也会被她的温暖融化掉。

邱莹莹像某时某刻的我们。很多人嫌弃邱莹莹，讨厌她带来的不适感，可我一直觉得，不适感，是成长赋予的代价，我们不爱邱莹莹，因为她的身上或多或少带着我们的影子：那个长不大的、胡搅蛮缠的、拎不清的、迷茫的、愚蠢的……只不过现在回头望那个自己，有点接受不了罢了。

然而，时光带走了蠢，同时带走了纯。安迪说，她想像别人一样，慢慢长大。**是啊，快速长大的背后，往往藏着不能与人言的辛酸。像邱莹莹一样，慢慢摸索着长大，才是人生常态，毕竟不是所有人都有安迪和小曲的高端配置。**

我很羡慕邱莹莹和樊胜美的闺蜜情，像是姐妹，也像师徒。她们的起点是最接近的，都是背负着父母的期望，承载着自己的梦想，在泥沙俱下的现实中，艰难求生，一步一步挣下立足之地。

所以，小曲会怪邱莹莹拎不清，但樊胜美不会。**大多数人都是从那个讨人厌的小邱过来的，谁没遇过渣男，遭过算计，被人嫌弃呢？谁不是曾经自制力不强，频频失败，遇上爱情就崩溃？**

现在的小邱是曾经的樊胜美，也是我们。

有缺点有软肋一点都不完美，可还是乐观地左手梦想，右手随时去疗伤，胼手胝足谋生谋爱。

《欢乐颂》是一个价值观激烈碰撞的电视剧。剧中人物可以简单粗暴地分为上、下两个阶层：一个是以安迪为代表的，包括小曲、老谭等一系列的高配置人群；另外一个就是 2202 的三个姑娘所代表的平凡阶层。前者享受诗和远方，后者应对眼前的苟且。

每个人都想活成第一种，但大部分人挣扎在第二种。很多人喜欢安迪和小曲，不过是因为她们活成了你想要的样子。

我想，这两群人也不仅仅是物质上阶层的划分，而是梦想和现实的对比。安迪是梦想，小邱是现实。

如果没有小邱，《欢乐颂》的精彩会大打折扣，现实照进梦想最无奈，但踮起脚尖一点点构筑梦想才最美。

小邱让我看见女人的成长。

五个女人，其实不过是一个女人的五个阶段。终有一天，小邱会变成关关，成长为樊胜美，进化成曲筱绡，说不定，还是安迪，谁知道呢？不如，拭目以待。

从“万人嫌”的邱莹莹到“万人迷”的安迪（当然指的是生活状态），**女人的成长，总要带点锋芒，我吐槽邱莹莹的蠢，也珍惜她的纯。**

我所谓的稳定，怎么就低人一等了

“船”说：

每个人的人生都有价值，无谓高低，不分贵贱。你的自视甚高，目中无人，只能证明你的low，不能代表谁的“贱”。

某一天，从长途跋涉，奔波千里处归来，卸下一身疲惫，融进阳台摇椅的舒适与日光的抚慰。忍不住感叹了一句：真舒服啊。转过头，看见自家男人专注地看着《动物世界》（搞不懂男人的兴趣点），阳光在他脸上折出好看的棱角（他一直强调是人好看）。

心里忽然觉得温暖极了：生活，一直这样稳定下去多好。没有风雨兼程，没有筚路蓝缕，不用未雨绸缪，不用居安思危。

就这样一卷书，一杯茶，一双人，一生欢喜。

和朋友说起这些小愿想，她说："可以啊，人为什么要满身风雨一直走？停下来，也许阳光早已满了窗前。"

我笑："你不知道最近网络大热的'你所谓的稳定'吗？"她亦笑，倒了一杯温水给我。

"我知道啊，可是，我所谓的稳定，也有自己的态度啊。就像你喜欢温水，我喜欢咖啡，只有喜好之别，并无对错高低之分。"

你所谓的不稳定和我所谓的稳定，只是一种生活方式对另一种生活方式，没有哪一种应该有爆棚的优越感。

我渴望稳定错了吗？

我渴望在某个本应岁月静好的日子里，一抬头，发现自己正活在想象的安定中，错了吗？

我渴望不用去到千里之外，留在父母身边，忙时埋头，闲时散步，过白云悠然过的日子，错了吗？

你拥有奥迪与迪奥，觉得很炫很自豪，我拥有一盒奥利奥也真的觉得很满足啊。

你漂泊在外，拍拍电影写写字，觉得文艺大气逼格高，我在自己的格子间办公室，兢兢业业，脚踏实地，默默为大中华冲入发达国家贡献绵薄之力，也没什么丢份儿啊。

我们都在以自己的方式，努力地把生活推进下去。

为什么，我就成了浪费生命？

为什么，我就成了稳定地穷着？

为什么，我就成了甘于平庸？

为什么，我就成了懦弱逃避？

生命有它自己的图案，千姿百态，每一样都值得尊重。

你可以选择你的追求，但你真的不能把你的价值观凌驾于他人之上。

如果我们都不稳定，拼了命去过你们所谓的那种人生，先不说世界雷同如此，毫无趣味。

讲真，我们都去当英雄了，谁坐在路边给你鼓掌？我们都那么优秀了，你还哪里来的优越感？

我喜欢任性地活着。

不用A告诉你应当如何，不用B洗脑我必须如此。我的每一步都有自己的态度，我的每一句都有自己的观点。

人和人是不同的，很多时候选择走的路也不会相同。

我的朋友中，有很多是新闻系和中文系毕业的。小A是其中一个。

当年她从西北某重点大学毕业后，选择了回家乡的小城，在当地的出版机构，做着很多人觉得枯燥的工作。

同学们都觉得不理解。她在大学也算出类拔萃之人，专业成绩名列前茅，文学修养也好，她的专业课教授认为她敏感的新闻嗅觉非常适合继续深造，并明确告诉她，应当先考研，再去应聘《南方周末》。

这个想法从她脑海中浮过，停留了一个春天的时间，她觉得有只风筝从心田飞过。

那只风筝是小A的男友，和她一样，新闻学院的高才生。他对小A说，我们一起考复旦大学的研究生，将来一起进《南方周末》。小A放弃了，小A的男友，在那个暑期过后，成了复旦大学的一名研究生。

后来，你们知道了。因为，没什么后来了。

两年后，小 A 和男友分手。他走前，对小 A 说，我们不是一类人，你喜欢稳定，我有更高的追求，你喜欢待在一个地方，我喜欢四处游荡。

分手，并非最伤心的事情。

小 A 说，真正刺痛她的，是男友的最后一句话：“我当初是有多么眼光短浅，才看得上你这种不思进取，毫无理想的人。”

他把他去往大城市，追求新鲜刺激的人生定义为有理想的人生。把小 A 留在家乡小城恬淡自如的生活，定义为庸俗的人生。

这样的男人是有多狭隘，是有多自以为是啊。后来，他们连朋友也没得做，小船说翻就翻了。

我一直以为，每个人都有自己的理想状态，理想根本不能成为一个人的优越感。

世有万象，人有千面。

有些人，一直很努力，一直在改变，一直在突破自己，一直在追求所谓的不稳定，这当然非常好。

也有些人，生来不喜竞争，不喜变化，安于在一个熟悉的地方，过一份简单自持的生活，为什么就不可以呢？

前者与后者，只有价值观的不同，没有价值的不同，每一种都是在积极地参与生命，并非稳定了就是在浪费生命。

浪费生命的可以是懒惰，可以是忽略健康……但稳定绝不能列入其列。

我身边也有很多朋友和同学，在毕业以后，选择了进入体制内，他们恋爱、结婚、生孩子、过日子，和很多普通人一样，在自己的朋友圈里晒娃，晒宠物，晒老公，晒美食，晒风景。他们踏遍千山万水，有一千零一夜也说不完的故事。

他们稳定地过着我想通过不稳定来实现的人生。如果这样，我还说他们浪费生命，是不是也太过分点了呢？

2012 年，我大学毕业，削尖了脑袋，要往大城市挤。我对姐姐说："我要去过风一样的日子。"

她说：希望那阵风永远是暖风。不要似剪刀。哼，小船说翻就翻。

怎么可能呢？后来那阵风，还是像剪刀，剪断我曾经不知天高地厚的理想。

我仍然不愿意回到小城，我对姐姐说，像你这样做个公务员有什么意思，每天把生命浪费在无聊的喝茶、看报以及虚与委蛇之上。

她不生气，也没和我辩白谁的人生更值得推崇，小船就万幸没翻。

家里除了我，剩下的人都很稳定。他们未必理解我的漂泊感从何而生，我亦未必理解他们的安逸究竟有何意义。

但是姐姐说过一句话：每一种生活自有它的道理。

一生永远在拼搏，去往更远的远方。未必好，也未必不好。

一生流浪在熟悉的地图，过着千篇一律的人生，也没什么可惜的。

相比较做个英雄或女王，成为一个快乐的路人，更是一种勇气。

所以，我后来不再评价任何人的人生。

那些现在很稳定的，也许他们曾经很努力，所以现在他们有资格停下来，看天上云卷云舒，听细雨敲打窗扉。又或者，有人替他们食尽人间烟火，所以他们可以随心所欲，选择最舒适的状态。也有可能，他们就是喜欢这样慢节奏的人生，钱少钱多，心无挂碍。

人，活着是为了什么？每个人都有自己的答案。

稳定或不稳定，这是一道选择题，并非一道是非题。

疲惫生活中的英雄梦想，和疲惫生活中的平凡梦想，都是梦想。每一种选择都应当被尊重，也应当被包容。不能包容的结果，是失去。

抱怨是最可怕的传染病

“船”说：

请远离你身边负能量满满，正能量缺缺的人。每一份负能量都是不能承受的重量，分分钟让你的小船被拍死在惊涛骇浪间。

闺蜜“仙人掌”是朋友圈里极有时尚感的大女人，因为性格耿直，为人泼辣，被我们送了个“仙人掌”的外号。

谁知道，生了孩子不过一年，便直接从辣妹跌入“事儿妈”的深渊。穿衣品味大不如从前就不说了，整个人的状态看起来也显得疲惫倦怠。

有很长一段时间，我都不太敢和她聊天。因为一开口全是抱怨。

“我老公这个人太愚孝了，什么都听他妈妈的。”

“唉，我告诉你啊，婆婆，绝对是世界上最虚伪的人，婚前那个嘴甜，婚后那个嘴脸。”

“我都搞不明白，一个大男人，对事业一点上进心都没有，还有什么脸待在家里，婚前，没发现他这么混啊。”

那个时候，我刚结婚没多久，本来也有点恐婚，听她这么念叨，总觉得我已经一脚踏进地狱了。实在按捺不住那种恐慌，有一次吃饭时，我连连对“仙人掌”姑娘摆手：“对不起，我肚子痛，先回家了啊。”

落荒而逃的后果是，“仙人掌”姑娘一个人吃完了双人牛排加餐后水果，边打嗝边为这顿不快乐的午餐买了单。然后，友谊的小船说翻就翻了。

很长一段时间，“仙人掌”都没搭理我。也是嘛，本来想找个人大吐苦水，结果刚撩起袖子，准备大战一场，对方却尿了，只能硬生生咽下已到嗓子边的口水，要我，我也生气。

最后，还是“仙人掌”大气。在电话里把我大骂了一顿之后，又重归于好。这回我再恐慌，也不敢挂了她的电话。她在电话里家长里短地唠了大半天之后，突如其来地问了我一句：

“萝莉，我是不是抱怨的太多了，我老公说我现在就像个怨妇。”

“某个人告诉我说，这是病，得治。”

她听后，哈哈大笑。

“那像我这样的重症患者，是不是要开颅换个脑子啊，萝莉，能不能给我找个手术刀很快的医生？”

我喜欢她这样的自嘲，懂得自嘲的姑娘，不会病到无药可医。

她还是找到了那个动手很快的医生，一刀病除。那个医生就是她自己，这世上，还有谁能比自己对自己下手更狠。

长时间的抱怨，“仙人掌”和老公之间渐渐有了距离。离得远了以后，她开始明白，其实，并非他婚前婚后相差甚远，而是生活焦虑的她，看什么都不顺眼。

她强迫自己调整心态，把之前用来吵架的多余时间，放在了健身、读书、照顾熊孩子之上，因为瑜伽练得好，她又兼职当了瑜伽老师。不仅人看起来变得光芒四射，连钞票也大把大把地多了起来。孩儿妈的努力，让孩儿爸既感动又骄傲，只能更努力地跟上她的步伐。

就这样，“仙人掌”又从“事儿妈”升格成了“带刺的玫瑰”，妖娆美丽，爽利泼辣。现在，很少听到她再抱怨家庭矛盾了，她最常说的话是：“抱怨是种病，有种，你闭嘴啊。”

中国这么多考驾照的人，倒霉如我，又笨拙如我的，恐怕没有几个。第一次考科目二，等了大半天，车管所的网络出现问题，取消当天考试。第二次去考场，奇迹般地重演了第一幕。好不容易考过科二，到了科三的时候，我却因为自己忘打转向灯，挂科了。

出考场的那一刻，我有点欲哭无泪，对着来接我的某人，连珠炮般地抱怨了一大通。什么运气不好啦，监考官偏心啦，系统出错啦……他凝重地看了我一眼，非常严肃地告诉我：“抱怨是种病，你知道吗？”

我很郑重地点头，然后一脸认真地问他：“那你有药吗？”

我看到他嘴角抽搐了一下，那是想笑，又硬生生憋住笑的抽搐。我想他一定在心里骂了句：“傻 ×。”所以，我做好了被他“教训”的准备。然而，在我毫无防备的刹那，他坚定地说了声：“有。”

“有什么？”我问。

“有药啊。”

就这样，我被他塞到了车里，一路飞奔，来到了他们公司的地下停车场。停车场本来就大，又只对周边几个大公司的职工开放，加上是上班时间，所以很空旷。

他并没有把车停在相应的停车位里，而是开到地下二层，靠边停了下来，然后对我说："下车。"我紧紧地用双臂抱紧自己，声音颤抖地问道："你想干吗？劫色没有，要命一条。"他无语地翻了个白眼："你自己老公，用得着对你劫色吗？下来给我练车。"

慑于他的淫威，整个下午，我都在这个停车场里左转、右转、掉头，加速。不要以为跟自己的老公学车是一件甜蜜的事情，教练最多骂骂我，他却敢揍我。这个不对，揍！那个不对，揍！

我保证，那一瞬间，我恨这个男人。然而很快，我发现，我开起车来，没那么手忙脚乱了。我问他："这就是你的药？"他笑笑，不置可否。

没过多久，我通过了科三考试。其实，这一次，我遇到的路况并不比上一次简单，但因为练得多了，所以人也自信了点，对于很多情况，便也能从容应对了。教练说我这一次，心态好了很多。

其实不是。

所谓的好心态，不过是因为有充足的准备。所谓的不抱怨，不过是因为具备解决麻烦的能力。

没错，抱怨是种病，会摧毁你的生活系统，让小船说翻就翻。治愈这种病的药，是乐观的心态以及积极的行动。愿我们，不治愈，就自愈，和抱怨 say goodbye。

对不起，我从不原谅迟到的人

“船”说：

我曾因为迟到，让友谊的小船说翻就翻。不是因为太计较，而是因为不能承受朋友之轻。好朋友间要打打闹闹，也要郑重其事，不要让细节上的忽略，毁掉你们的小船。

不知道你们身边有没有爱迟到，又特别爱给迟到找理由的人。反正，我身边挺多的，而且，每一种迟到的理由，都拙劣地让我心肝战栗。

心中一万头愤怒奔马呼啸而过：虽然今年是猴年，但你们也不能把我当猴子耍啊。那要赶明儿是猪年，我是不是还要配合你们变成一头猪，哼哼唧唧，没完没了？

迟到往往分为N种情形。我最受不了的是：约你的时候急不可耐，只是为了让你等到海枯石烂。

谁能告诉我，他们的脑回路是什么构造，才能让我猜中开头，猜不透结局。

我反思自己还算一个守时的人，然而，某个朋友约我的时候，开头和结尾都必然提一句：你一定要准时来哦。

他那么慎之又慎，郑重其事，反倒弄得我惶恐不安。我心想，一个这么注重时间的人，想必很自律，如果迟到了，估计少不了看人脸色。

所以，当我们两个家庭约好同去郊游的时候。我和先生比平常早起了一个小时，于约定时间的前二十分钟抵达。这是我俩共同的习惯，既不太早，也绝不迟到。因为多年的经历，使我们明白：虽然等人不怎么爽，但被人等绝对更煎熬。介个，和借钱的道理一毛一样。

等了二十分钟，朋友没来。本姑娘一向与人为善，想着谁还没碰上个堵车呢？这一念慈悲，又是二十分钟过去了。没办法，打个电话问一下，也许真有什么特殊情况。

电话接通，对方的声音明显还没完全从睡梦中回过神来。

“大哥，你不会刚起来吧？”

“哪里哪里，马上就到，马上就到，在等绿灯呢。”

……

“还没到？”

“快了，快了，我找个地方停车啊。”

……

“到了吧？”

“呃，你猜？”

时间真……的应该静止。

如果它知道我已经傻乎乎地站在一个鸟不拉屎的地方等了两个小时的话。

如果它知道我和我先生，像两个门神守在门口，无数次被当成检票员的话。

如果它知道我们已经从海阔天空等到海枯石烂的话。

那么，它就应该静止。

这样我就不用再见我的朋友了。可惜，他还是出现了。

“真是对不起，路上太堵，晚了一会儿。”你确定是一会儿？

“哎呀，不过刚好给你们两个人浪漫的机会。”

苍天，让友谊的小船，翻得彻底点吧。

姑娘我在哪里不能浪漫？家里的大床行不行？屌炸天的酒店行不行？偏要在这里，耳听各种奇葩的迟到理由，并洗脑自己这是浪漫。

一次也就算了，关键这哥们儿，几乎没一次准时。以至于我后来对他的那句“记得要准时哦”都产生了抗体，这疫苗，注射得真靠谱。

可是，大哥，我求你了行吗？别玩我了。你看看外面的雾霾指数，我能出来，那是冒着生命危险的。能不能看在咱们好歹相识一场的份上，你让我多活几年。

也许，你认为迟到只是一件小事。可是，在我看来，迟到，不仅是对时间的不尊重，更是对朋友的不尊重。

坦白说，我一直认为，一个爱迟到的人，骨子里都有那么点自私。因为很显然，当你迟到的时候，你并没有考虑对方的感受，你只是在考虑如何让自己更舒服。

也许你会说，迟到是一种习惯，懒癌嘛。大家不都这样？

不不不，从来没什么习惯，都是借口罢了。

如果等你的人，是一个能给你百万年薪的面试官呢？是一个你粉了多年的爱豆呢？是一个只要你准时到，就给你发个巨额红包的人呢？

放心吧。那时候，路是畅通无阻的，停车场是随处可见的，马路上闪烁的全是绿灯。

而你，一定不会迟到。

你所有的迟到，全部基于不重视。对事件的不重视，对等你的人无所谓。

最近陪爸妈报了一个旅游团。因为非节假日，参团者多是中老年人。四天的旅行，几乎每一天都有近三个小时在等某几个爱迟到的人。

第一次，早晨，大家在等一个人，她在化妆。上了车，一句道歉也没有。

第二次，到了导游规定的时间，又差她们一行几人。等得久了，车上人有怨言，导游去找。原来她们还在拍照，最关键，上了车，几个人还在后面议论：拍个照都不能好好拍，等一会儿又不能怎么着。

……

太多次了，真是无力吐槽。哎，和气这条小船，说翻就翻。

团队中最守时的是一对七十二岁的老夫妻。他们一年中的大部分时间都在旅游，可是，他们从未让别人等过自己。

老太太说："年龄越大，越明白时间的珍贵，越会对别人的等待保持尊重。而且人老了，要面子。"

这样的老人，才是值得尊重的。

我一直在想，人为什么爱迟到，明明守时，才更节约时间。以前我并不明白，直到一个导游朋友说，凭他多年的带团经验，他发现，但凡无视时间规则的游客，都认为自己在迟到的时间里做的事情，比别人的等待更有意义。

比如，化妆是有意义的，我给你呈现了美丽，你等一等也是可以的。

比如，我多睡了几分钟，精神就会好一些，那么你等一等也是可以的。

他们忘记了，别人的时间同样具有意义。而他们的迟到，充满恶意地屏蔽了那些意义。

所以，我从不原谅那些迟到的人。

因为你在等待的时空里，赋予的包容、忍耐，不能换回哪怕一丁点儿的感激。

原谅，对迟到者来说是无效的。不如，你过点不候，转身走人，下一次，他必定按时赴约。

因为你走了，他的迟到就失去了意义。

我喜欢自律的人。像那位老人说的一样，没办法，颜值高，要脸。

再者，我始终认为，真正的自由是在规矩内来回行走，你把自己的位置摆正了，为难你的人就没有那么多。

而那些处处无视规则，以自我为中心的人，注定只能成为一款游戏：大家一起来找茬。

因为，漠视规则的背后，漠视的是人心。我不希望，小船说翻就翻，我希望你的眼里心里装着我。

◆

Chapter 2
爱情的巨轮变航母

爱情也一样，需要用心去维护。
真正的爱情，是不断坠入爱河，
和一个人。

你的爱情是否死于父母反对?

"船"说:

"不行,距离太远。""不行,家太穷。""不行,不能嫁给外地人。"世界上最遥远的距离就是你爱他,你爸妈不爱他。可是啊,别急着先责怪爸妈。

父母反对的爱情,该继续吗?

这是近段时间来,我收到的最多的困惑。

"和男友相恋一年多,彼此深爱,现在父母逼着我去相亲,认为男友太矮,家里条件一般,想让我嫁给当地一个条件不错的人,说我长大了,不能太自私,应该帮衬父母。我很烦,应该怎么办?"

"和男朋友从大学时候谈恋爱,相处一直很好,男友是外地的,现在爸爸很反对，对外地人有偏见，认为他们没钱还很精明，而且距离远，怕我受欺负。我和男友积极表现，他还是不松口，真的不知道该怎么办。”

“和女朋友相恋五年，如今到了谈婚论嫁的地步，父母很反对，认为我女朋友花钱大手大脚，人也懒，不持家，一直撺掇我去相亲，唉，一言难尽啊。”

“男友大我六岁，父母接受不了，认为一个男的三十多了还没结婚，一定有问题，希望我找个同龄人。”

……

生活中，爱情遭到反对票，简直太常见了，金钱、距离、挑剔、年龄，都会成为谋杀爱情的凶手。我们可以不在乎周遭的眼光，忽视朋友的意见，唯独父母的反对，是逃避不了的。他们打着关心的旗号，让你的拒绝格外艰难。

一段爱情，如果一不小心遭到父母的反对，就已经是一件非常不幸的事情了。你会逼仄纠结，甚至怨恨冲动，违反理智地随便交代人生。

如果你问我，该不该继续，说实话，我不想直接给一个不负责任的答案，很多事情，必须抽丝剥茧，打开环环相扣的死结，才能找到最正确的出口。

两年以前，我的表妹带上自己的男朋友，在春节时刻抵达家中。用意尽在不言中，小姨和小姨夫热情地招待了对方，表妹以为一切水到渠成。没想到，男方走了之后，她立马收到了反对票。理由只有一个：距离。

表妹是早产儿，身体稍弱，家里偏宠一些，小姨一直希望把她留在身边，多少能照看些。而这个她谈了一年多，在工作中认识的男朋友，和她家里的距离，差不多横跨小半个中国了。小姨担心女儿远嫁后，受了欺负，无人相助。

然而，反对无效，从小倔强的表妹，好像认准了这个人。那时候，我们几个小姐妹也正在爱情里冲锋陷阵，为了爱情阵亡那是分分钟的事儿，而且心甘情愿地把这种轰轰烈烈当作传奇。所以，我们高举恋爱自由的旗帜，站在了表妹这一边。而我们的父母，当然也站在了他们的姐妹旁边。

那一阵，家里展开了拉锯式的辩论赛。比如，我和我妈就分别被选成了双方代表，前去说服。（我妈是老大，比较有威望。）

“男人婚前婚后说不准，受欺负了，那么远，谁管你？人在江湖漂，挨刀是常事。”

“爱情是自由的选择，现在我们屈服了，将来过得不好，你能负责我们的人生吗？所有事情都是不可预知的，既然要赌，赌注应该由我来定。”

“哪怕是赌，有经验的老手还是会碾压新手。”

……

争论得七零八落，也没有个结论。表妹和父母依然僵持着。后来，几个家长提议，双方的父母坐下来谈一谈。

这一谈，断送了表妹的爱情。无人逼迫，这是一场自动放弃。大家都好奇，是什么打垮了表妹的斗志，让她缴械投降。

我问她：“是不是不想让爸妈为难？”

“不，姐，让人失望的，从来都是爱本身，和父母无关。”

后来，我们知道在那一场见面里，表妹的男友面对小姨的“刻意”刁难，表现得非常消极。小姨说如果结婚了，我们这边的彩礼是多少钱，对方的父母就说，不行，要按我们的规矩来。小姨说，我们希望能在市区有套房子，对方就说，那不行，我们老家已经有房子了，干吗非去市区呢。

表妹默默打量男友的神色，发现他根本就没把这些谈话当回事。表妹说："你知不知道我爸妈很反对咱俩？"他淡淡地回一句："哦。"

那一句"哦"瞬间把她打醒，她突然发现眼前的这个男人根本不如她想象中爱她。她撩起袖子，准备热火朝天大干一场，哪怕与父母分庭抗礼也在所不惜，然而对方，并未做好涉水而过的准备。

她和男友说分手的时候，对方很意外："就因为父母反对，你就软弱地投降了？"

表妹摊摊手说："对啊。我还是觉得我爸妈更爱我。"

其实，你知道不是的。父母的反对，从来都不是最难堪的，难堪的是对方压根儿就没把父母的意见放在心上，反不反对关我屁事，真把你女儿当回事啊。最可怕的是藏在父母反对表象里那些龌龊的小心思：反对啊，随便呗，反正我也没那么喜欢你。

是的，他不把你父母的意见当回事，因为他也没把你当回事。在他的意识里，你是可有可无的。若是锦上添花，再好不过，可要让他

雪中送炭，一切免谈。

身边几个男性同事说，有时候，父母的反对是推辞，也是洗白。“父母反对啊，不能怪我。”可他们也说，如果真的矢志不移，父母的反对从来不是大问题。

我一朋友，自由恋爱很多年，结婚的时候，男友父母嫌弃她个子太矮，性格太沉静，明确投了反对票。她做过一些努力，然而对方始终不同意。后来男友心疼她，和父母打起了持久战，从以前的一星期回一次家变成一个月回一次家，最后基本不回家了。两年以后，父母被他的坚持打败，明白儿子的心意不可转，接纳了我的朋友。慢慢地，他的父母发现了我朋友身上的很多优点，去年他们结了婚，今年有了小宝宝，过得非常幸福。

朋友的老公说：“其实啊，父母有时候反对，也是担心我们过得不好，如果我们能拿出百分百的诚意，让他们相信，我们可以过得很幸福，他们为什么还要反对？”

另一个在广州的闺蜜，曾经也因为爱情和父母闹得非常不愉快。她的爸妈给她男友设定了很多几乎不可能完成的条条框框。比如两年以内全款在广州买四室的房子，闺蜜很委屈，男友却说你要理解父母的苦心。过年去她家里，阿姨和我说：“我知道你们一定觉得我不近人情，可没人比我更关心女儿的幸福。我说的这些条件也许他根本不可能完成，可是如果他连试一下都不敢，我又怎么敢放心把女儿交给他？我是过来人，但凡能被吓跑的，全都欠点火候。”

闺蜜和男友今年结婚了，房子是按揭的，还是没有满足阿姨的条件。可是阿姨很欣慰，因为她看到了男孩子的努力，她的数次刁难没让他却步，他在她严厉的审视里，不屈不挠地为两个人的爱情努力着。

有这一点心，就够了。比起金山银山，更多时候父母看中的是真心真意。他们拿大山一样的条件压你，是希望在这反对的浪潮里，能看到一个像山一样守护你的人。

过度把关注点放在父母反对这个表象上，不如沉下心去看一看，在这场反对里，他为你做了什么，是坚持，还是掉头就跑？

当他被所谓的条件吓跑，别急着先怪父母，一个把你扔掉，让你独自面对压力的人，将来真的会给你足够的责任吗？

当他被父母的合理反对给击退，连稍微的坚持都不肯，先别急着陷进甜言蜜语的旋涡，一个不愿意面对你父母质疑的人，将来真的能让你毫无保留的信任吗？

真正的爱情，从来不会落跑；真正的责任，是与你并肩。

最怕你拎不清，把别人的借口当深情，把父母的反对当敌意。真正爱你的人，至少愿意为你做一次努力。

所以，父母反对的爱情，应不应该继续？重点不在于父母反对，而在于你真的穿过复杂的表现，看到了那颗熠熠生辉的真心了吗？

如果是，你会发现，从来没有什么反对。

像狗一样爱你

“船”说：

爱情像是奔跑的动物，婚姻则是静静生长的植物。像狗一样爱你，像树一样守护你。

爱情是世界上最简单的事情，很矛盾地，偏偏也是最复杂的事情。我们置身其中，常常看不明白。

最近，听了一个微信分享课，主讲人是杨澜女士和周国平先生。杨澜的婚姻大家都很熟悉，和丈夫吴征一直是风雨兼程中人，彼此偕行，既是心灵知交，也是事业伙伴。

而周国平先生呢？听他讲爱情和婚姻，觉得很可爱，朴实接地气，就像身边的一位长者，一点儿距离感都没有。诚如杨澜所说，大多哲学家的婚姻都不太快乐，周国平先生是个奇迹。

和奇迹之人聊众生话题，是很有趣的体验。你会发现，大家的烦恼都是一样的。

◆ 1. 婚姻是不是爱情的坟墓?

这个问题，其实已经被问烂了。最常见的回答大概是：没有婚姻，爱情将死无葬身之地。

我身边有不少正在热恋的朋友，谈“婚”色变，因为他们看过太多爱情，进入了婚姻，便成了一出闹剧。

一个热恋一年，走入婚姻两年的朋友说：婚姻未必是爱情的坟墓，却一定是激情的坟墓。他直言现在牵老婆的手，就像牵自己的手，完全没有感觉。

一个恋爱时非常幸福的闺蜜，婚后也频频抱怨，她用“一地鸡毛”形容现在的生活，什么只羡鸳鸯不羡仙？婚姻，还不是泥浆裹足，束手束脚。

大才女张爱玲说，婚姻根本就是长期卖淫。亦舒也不喜欢婚姻，认为我们爱的是一些人，与之结婚生子的是另一些人。

早些日子，看《锵锵三人行》，也讨论过婚姻这个问题，其中一位嘉宾认为婚姻是非常不人性化的制度，终有一天会被取缔。

所以，爱情，是不是真的不能转化成婚姻？

我承认，婚姻和爱情并不相同。

广义上来讲，婚姻制度几经变迁，与社会财产、经济制度都有密切的关系。现在不谈制度，即使没有婚姻的形式，大部分人还是渴望持久的感情，婚姻不过是给这种感情渴望戴了个安全套，它时刻提醒你，悠着点，要负责任的。

而爱情，显然没那么多条条框框。是荷尔蒙与荷尔蒙的吸引，灵魂与灵魂的碰撞，天雷勾动地火。

所以，当爱情的自由，碰上婚姻的约束，婚姻就变得艰难起来了。然而，我从不认为婚姻是爱情的结束，其实不过是另一种开始。婚姻，不过是换个方式爱你。需要你在自己的个性和两人的共性之间，合理的妥协。

其实，哪怕没结婚，当爱情走过最初的冲动，都必然会面临一个问题：张扬个性还是彼此妥协。爱情内在的矛盾说白了，是两个自由的个体对于自由和所需承担责任的矛盾，只不过婚姻放大了这些矛盾。

我始终认为，长久的爱情，必然需要妥协。

看《我们仨》，就常被感动。杨绛女士和钱钟书先生哪个不是个性十足的人呢？可他们依然携手走了一辈子，在婚姻这个围城里，经营好了最质朴的爱情。

哪怕是那个有点锋芒，追随者众多的林徽因，在与梁思成的婚姻中，也彼此成全，彼此妥协。

与之相反，极度追求自我的陆小曼，一生渴望激情，为此折腾了自己，折腾了别人，直到最后才明白：**激情不是不断去寻找新的艳遇，而是不断地坠入爱河，和同一个人。**只可惜，徐志摩离开得太早，她醒悟得太晚。

婚姻从来不可怕，可怕的是没有勇气接纳别人的个性与不完美。**好的婚姻必然要尽可能克服婚姻形式带来的种种弊端：自由的限制、人性的缺憾。让彼此的个性在有限的空间里生长，双方都能成为最好的自己，一段爱情才能稳稳地走下去。**

我喜欢周国平先生说的一句话：“爱情是自由地飞翔，婚姻是平稳地着陆。我相信两个人相爱，还是以共同生活为目标，这实际上就是婚姻，所以，严格来说，婚姻是爱情的目标。”

是的，婚姻并不是爱情的坟墓，对于芸芸众生而言，婚姻仍然是爱情的归宿。

◆ 2. 婚后，是不是只有亲情，没有爱情?

有时候，和朋友们聊起爱情这个话题，发现会聊不下去，特别是在结婚的群体中。他们认为结过婚的人，哪还有什么爱情，都是亲情而已。

不复最初的浪漫，失却热恋的疯狂，是不是我们就不再相爱了？

恋爱很多年，结婚三年，我从来没有认为自己已经失去爱情。像很多年前一样，在某个时刻，想起那个男人，我还是会心动，会疯狂，会因为能够和他生活在一起，而觉得这盛世如我所愿。

为什么爱情一定要是疯狂的？为什么爱情不能细水长流？

看亦舒《玫瑰的故事》，书中的人物都在追求极致热烈的爱情，认为平淡就是庸俗的。那是一种美的追求，理想梦幻，却不真实。

我喜欢如痴如醉的疯狂，也喜欢安静自持的从容。**爱情的状态，**

根本不可能始终如一，永恒的状态是最累人的，唯有变化才是保鲜剂。

你一定看过非常虐心的爱情，我们的生活中，也有不少人的爱情，醉生梦死。然而，这些爱最终都不能长久。长久的平淡和长久的疯狂都不是爱情的正常状态，一辈子要死要活恐怕比一辈子平淡冷静更让人难以忍受。

周国平先生认为，爱情的确会转化成亲情，却不是那种血缘的亲情。而是两个人共同生活，心生默契，如同生长在了一起，你中有我，我中有你。

采访过一些年过六十的老夫妻，他们一起周游世界，体验美妙的人生。当我问他们，这么多年下来，回首一生，最重要的人是谁？他们都笑指身边的那个人。

我妈也常说，我们很重要，但爸爸永远是那个最特殊的存在。小的时候，我很“嫌弃”他们把爱情过得那么没意思。可是现在，当我看到他们携手散步，满脸褶子也笑得那么灿烂时，我才知道，爱情，从未在他们的生命里离去，时间没有带走什么，只是，让他们更加习惯彼此。

很多人都读过周国平先生的作品，可是有几个人知道，这么多年来，周先生的所有作品都是他的太太在打理，他和她是完全不可分割的一体。

别怕爱情会变成亲情，如果你始终感觉对方是你在这个世界最亲的亲人，那么你们的爱情早已坚不可摧，虽然不再充满激情，却自有天心月圆，春满花枝的美。

爱情的终极目标不就是寻找那个白首到老的亲人？我心匪石，不可转也，亲情是爱情的升级版。恭喜你一路打怪，走到了现在。

马克·吐温说：爱情是疯狂地奔跑，婚姻是慢慢地成长，似乎爱情更有动物性，而婚姻更像一棵植物。

一辈子做个奔跑的小鹿，何其累也？偶尔当棵树，静静生长，枝与枝相触在云中，根与根相连在泥土，终生相依，恒定坚持。

你要等，不要找

“船”说：

时间让人沾染尘埃，时间亦让我们落定。与其姿态难看地去追逐爱情，不如在爱情敲门之前，走遍所有美好。你等不成剩女，但找得到渣男。

写文写累了，冲杯咖啡的时间，被微博上“霍建华表白林心如”的消息炸了出来。再一翻朋友圈，整齐划一的表示“心疼胡歌”。

再一念及今天“520”，觉得这些虐狗的已经虐得我找不到边际，只能找到发际线了。

其实，一开始，除了觉得意外，心底还有些不信。

林心如已经单身很多年。

她的一众好友赵薇和舒淇也常常调侃她“单身”这件事，天天微博隔空喊话：赶紧找个人嫁了吧。身为她的粉丝，我比她还着急，别说结婚了，很长一段时间，我觉得她连恋爱都是拒绝的。

她出道多年，桃色绯闻一直都很少。无外乎林志颖和唐季礼，最多再算上一个蓝颜知己：苏有朋。

再早一些，其实很多人都以为她会和苏有朋在一起。那时候两人开玩笑地说：等到了四十岁还没有结婚，就在一起。后来，苏有朋到了四十岁，提及这段往事，他们坦言，那只是一句玩笑话。

男神霍建华因为颜值太逆天，各种 CP 就多了一点。最逆天的就是胡歌了。

虽然，早年，坊间曾有过霍建华和林心如的传闻，但当时被他们否认后，这一页也就翻了过去。

所以，当“520”这一天，华说：希望得到大家的祝福，并直接@林心如时，我心中塌了一座城堡，开了一朵花。胡霍虽然崩了，还好霍霍和心如都收获了幸福。

喜欢林心如很多年了。

她今年不多不少，正好四十岁。对大多数女人而言，这都不算一个最好的年龄。二十岁的比她娇俏；三十岁，正当熟女，气质与美貌都在最好的阶段；四十岁，反正不那么讨巧，甚至再晚个十年，直接会被打入“老人”行列，真可怕。

传言于正还曾奚落她：过了气。

去年，她参加《我们相爱吧》也被吐槽，不少观众觉得她年龄不小，事倒挺多。一个四十岁的老姑娘，还对别人挑挑拣拣。

可，爱情不是少年的权利，年龄也不能将人划分为三六九等。一个四十岁的女性，依然有权利选择爱情，选择喜欢的男人。

流言纷扰，可她好像并不在意别人的捧或踩，一直低调努力，勤勤恳恳。演电视，挑剧本，投资片，培养新人，认认真真活在自己的想象中。

她的微博阳光、乐观，满满的都是正能量。晒一晒新衣服，和网友聊一聊好吃的，去了一个好玩儿的地方就拍美丽的景色给大家看，时不时和几个老友约个会，吃个饭。早年，为了提升自己，她还去国外游学。

有工作的时候尽心尽力，没工作的时候，全情享受，活得潇洒恣意，任情任性。她的闺蜜，刘涛、徐若瑄、赵薇，都渐已成家，把爱情妥善收藏，唯有她，就这样一直单着。

当年的“还珠三姐妹”，现在提起来，人人都说范冰冰和赵薇是人生大赢家，却鲜少有人提及她。为什么？因为，她的爱情一直在当机，一个没有爱情的女人，在很多人眼里终究不是完满的。

所幸，林心如的姿态一直够优雅。在爱情没有到来的时刻，她没有怨天尤人，更没有急不可耐。她没有在世俗的偏见里委顿自己，也没有被闲杂人等一撺掇，便轻易交付爱情。

找不到，那就一直等。总好过剃头挑子一头热，白白落了笑话。

一个一直单身的闺蜜和我说：我很怕林心如不会结婚。因为人单久了会上瘾，对爱情便失去期待。

我于是特意翻了林心如的微博，文字的缝隙间，隐藏着她对爱情的赤诚。我告诉闺蜜：不，她从来没有失去期待，只是等不到合适的，便不勉强自己而已。

时光再早一点。

张爱玲的姑姑张茂渊，也和林心如一样，心甘情愿等待爱情。她英文奇佳，钢琴一流，文采斐然，说话幽默犀利，是张爱玲心中的女神，这样的人从不缺人追，可等不到喜欢的人，她就一点也不将就。张茂渊决绝地等了七十八年，在李开第没有到来的七十八年间，她旁若无人，悠游自在地活着。

她最终等到她的爱情，余生，羡煞众生。

同样在等待着的还有张充和，在遇见傅汉思以前，她把时光用在读书、写小楷、唱昆曲等一切风雅之物。去年，年过百岁的她去世，媒体人吊唁：最后一片优雅高贵的羽毛离开了。

你看，那些在爱情里静守孤芳的女子，从来没有输给时光。

爱情，可能会迟到，但永远不缺席。在爱情到来之前的每一个夜色里，你要活出太阳的姿态。最好的我们，往往最后才相遇。

请对爱多一点耐心，它接受俗尘的打磨，静候时光的沉淀，只是为了在遇到你的时候，也是闪闪发光的。霍建华表白林心如的消息出来后，我拿着手机一直在等。朋友问，你在等什么？我说等爱，等到爱情来找我。爱让我染尘埃，又让我落定。

冰心曾对铁凝说：你要等，不要找。汉家亦有言：可遇不可求。

像林心如一样，在爱情抵达之前，走遍所有美好。他来了，你便不再慌张。

最好的爱情要势均力敌

“船”说：

最好的爱情，不是你黏着我，我缠着你。而是在一起，光芒万丈，分开时彼此闪耀，并且耐得住分开时的寂寞，享受得了在一起时的狂欢。

曾经有段时间，每个周四，是亿万女人们嗨爆的日子。

什么，你说为什么？因为，又可以追《太阳的后裔》了啊。

我一向不爱看韩剧。总觉得像是白日梦，树立的爱情观常常是不对等的虐恋，看多了，觉得自己像个傻白甜。

所以，即使前两年大热的《来自星星的你》我也一点都没看。

看《太阳的后裔》，源于一个好友的极力推荐。

她说：“我有某网会员，你看吧。”

我说：“不看不看。”

她说：“宋仲基帅一脸，你看吧。”

我说：“不看不看，帅炸天，也不是我老公。”

她说：“一个特种兵爱上一个医生，多么牛×的爱情啊，你看吧。”

就这样，我入了坑。

首先，我声明，绝不是迷上宋仲基的脸和肱二头肌。

呸，才怪。

好了好了，安利一下各位颜控。宋欧巴很帅，乔妹也很美。

但真正让我守着电脑去追剧，而不是在网络看动态图的原因是：我喜欢这样的爱情，我认同这样的价值观。

就像两位大神编剧说的那样：“我的剧谁来演都会火。”

是的，姜暮烟与柳时镇的人生，才是一切核心，乔妹和宋仲基的颜，是锦上添花。

终于，有一部韩剧，女的不是傻白甜，男的不是公子哥。还好，还好，它没有落入富家男爱上灰姑娘的窠臼。

那样的爱情，早过时了。

在女人把自身成长看得比爱情更重要的时代，我们不需要一个富家男来满足可笑的自卑与虚荣。光芒万丈的不是男人，也是女人啊。

你是特种兵？哼，有什么了不起的，我还是最好医院里的招牌医生呢。

◆ 1. 我喜欢直接热烈的爱情

《太阳的后裔》中，爱情的表达方式，甚合我意啊。

前几天，一个妹妹还问我来着："喜欢一个人，是该暗恋呢，还是先暧昧一段时间？"

我说："你傻啊。"

喜欢就上啊，搞什么暗恋，玩什么暧昧。暗恋太累了，暧昧没意思。

爱一个人的正确表达方式，难道不是直接告诉他：“嘿，这里有一个光芒万丈的好姑娘。”

你看，仲基欧巴多么拉风。一见钟情就算了，剧情没超过二十分钟就表白：“医生的话，应该没有男朋友吧，因为太忙。”

Wuli 乔妹当然毫不示弱，立马跟上：“军人的话，应该也没女朋友吧，因为太苦。”

剩下的什么都不用说了。

直接开约啊，当然他们的确也这么干了。

后来，有段时间，彼此太忙，都没有见到对方。柳时镇问姜暮烟：“想我了吗？”

她说：“想了。”

然后立马就问：“你想我了吗？”

他的回答是：“当然。”

我简直要爱死了。妈妈呀，哪里找这种一点都不矫情的人呢？

看他们谈恋爱，过瘾到死，既不装腔作势，也不造作扭捏。

这种简单粗暴的方式，才符合现代人的爱情观好吗？

就连他们在第二集的简短分手，也是那么爽利痛快。

姜暮烟谈起柳时镇的工作，觉得一切并非期待中的样子。虽有惆怅，但她仍然果断起身，离开了这个她心动过的男子。

喜欢了就在一起，当发现彼此的价值观并不能很好地统一在一起，便勇敢地说再见。

姜暮烟不像那些犹疑的女子，表白时怕拒绝，分手时又怕伤害对方。于是推三阻四，于是欲语还休，用一切可能的方法，让分手看起来不那么难堪。

结果，恰恰很难堪。

你自以为是地顾及了别人的面子，也许外人看来，你只是放不下你的圣母光环。最终，拖泥带水，搞得大家都很累。

在爱情这件事情上，直接比委婉更有力量，委婉比直接更容易伤到人。

毕竟明“贱”易防，暗箭难躲。你懂的啊。

喜欢就表白，不爱就拉黑。一切都简单一些，不是更好吗？

如果你用心，你会发现，今时不同往日。现在的社会，发自内心的直接，比故作优雅的含蓄，更让人激赏。生活已经很疲惫了，很多事情，我们不想再猜了，不如我们坦诚点。

省时，省力，省心。

如果爱情，要再给生活加一道名曰“累”的枷锁，请放我一条生路。从始至终，我喜欢直接的爱情。

◆ 2. 我喜欢的爱情，是共同瞭望远方

我一直在想，为什么《太阳的后裔》男女主角的设定，一个是医生，一个是军人。

全世界最忙的两个职业，随时待命，说走就走。

一段爱情故事，安放在最没时间谈恋爱的两个人身上。

怎么谈呢？我很好奇。

我见过最多的爱情是你陪我变老，我陪你长大。

我见过最浓烈的爱情，是一日不见，如隔三秋。

虽然秦观说：两情若是久长时，又岂在朝朝暮暮。但大部分的爱情的确是朝朝暮暮的。

姜暮烟和柳时镇（猫了个咪，名字都这么好听）是个例外。他们俩都没时间朝朝暮暮，甚至约个会，都要看老天的心情。

第一次约会，柳时镇去医院找姜暮烟，很不巧，那天有个重症病人，他眼睁睁看她从眼前过去，却无法留下她。唯有尽己之力，帮她把病人推进手术室。然后，微微一笑便走人。在晚上闲聊时，开玩笑说医生放了病人的鸽子。

第二次约会，唉，也只不过是见了一面而已，甚至，差点没见到。恐怕没有比这更短暂的约会了，仅仅是一辆直升机降落的时间。

第三次，第四次……

不说了，说多了都是泪。欧巴和乔妹，你们真的准备把全世界的鸽子都放完吗？

这种恋爱，放置于很多小情侣之上，恐怕早谈崩了，因为真的不像恋爱啊，连电话都少得可怜。想起自己年少时，若是小男友把我丢在电影院，丢在天台，真是恨不能一脚把他踹下去。

他们却并无斥责对方的意思。

因为明白身不由己。

因为知道，有比爱情更重要的事情等待他们去完成。

和他们一比，我们的爱情多么小家子气，多么没劲啊。

《太阳的后裔》让我相信，真正的爱情根本不是形影不离，而是各自过好各自的生活：你不在，我独饮笑红尘，你来了，我醉笑陪君三千场。

这才是霸气任性的爱情啊。

哪有那么多叽叽歪歪，别别扭扭啊。

狭隘的爱情，是把对方当成全世界，为之步步为营，蝇营狗苟，最终机关算尽，赢了世界丢了自己。

但美好的爱情，是在各自的世界里独树一帜，你是海洋我是大地，

我们在一起便是一片新大陆。生机盎然，柳暗花明。

两个人在一起，总要有个几十年。天天腻歪，总有生厌的一天，日日情话缠绵，到底能把自己恶心死。不如，享受离别，珍惜团聚。

经营好自己，是为了更好地回来。

最好的我们，早晚会相遇。

《小王子》说：爱情不是终日彼此对视，爱情是共同瞭望远方。

所以，在乌鲁克，当柳时镇抬手敬礼，姜暮烟把手放在心口，他们共同瞭望无尽头的远方。

我相信，他们不会彼此束缚，只会一起走向更远的世界。

◆ 3. 我喜欢你看不惯我，又干不掉我的样子

我特别喜欢姜暮烟面对看不惯的人的时候，那种拽屁的态度。

唉，终于有一个电视剧的女主角，不那么玛丽苏，不那么假大空了。

电视剧的江湖中，白莲教已经一统天下很多年了。是时候，该我们这种野草独霸天下了。

面对旧情敌，姜暮烟一点都不示弱，上来就冷嘲热讽。这才是正常的态度好不好，有几个女人被抢了男人，还能真的表现出优雅、矜持、大度、毫不介意？如果真有这种看起来完美得不真实的女人，那可能是真的不真实。

看不惯你，我就手撕你，没时间和你假惺惺。我的善良、耐心，闪闪发光的美德，要留给值得的人。

面对上司的恃强凌弱，姜暮烟的态度也是赞爆了呢。我把你当男神看，尊重你，才去赴你的约，结果你只是想和我约炮？既然你这么随便，我只能随便找个东西把你揍一顿了。得罪你又怎么样？最多你把我弄到乌鲁克去打炮，没关系，反正那里还有欧巴等着我。

急了，我随时可以撂挑子不干。

姜暮烟说：反正前一阵上电视节目成为招牌医生，积累的资源够多了，自立门户分分钟的事情。

这才是一个女人真正的本事，谁也不靠，就把钱给挣了，人给收了。不用假惺惺地仗着谁的宠爱，大言不惭地说：我原谅你了。

干吗要原谅别人的错误？错了就必须要改啊。

那个讨人厌的医生说：“瞧你乐的，简直不知廉耻，还好意思说自己是医生。”姜暮烟既没有悲伤，也毫不沮丧，从容地把脸色甩回去：“你是你老爸的女儿。我不在手术室因为忙，你是因为没本事。我才替补你一次，你就被人炒了鱿鱼。”

好一记漂亮的回旋踢。姜暮烟，请收下本姑娘的膝盖。

但是，我知道，这样漂亮的回应，是因为她有漂亮的本事。一个女人的底气，从来不在声音的高低，而在能力的强弱。

各位亲爱的编剧，如果你看到了这里。我想说，我们真的不是讨厌正能量，也不是拒绝真善美，我们只是讨厌矫情，厌恶装×。明明女主什么本事都没有，就会一傻二笑三卖萌，凭什么男人就要围着她转，我们的眼睛真的不瞎，前几天，还去做了矫正手术呢，你们安的什么心，我们懂。

对不起，这样的“白莲花”我们真的爱不起。我要是女二号，也想费尽心思弄死她。为毛？因为，你们也太不尊重那些低调努力的女孩子了吧。

请给我们一个踏实、认真、爽朗、真诚、不矫情、很独立、懂得进击，亦懂得防守的女一号吧。这样的姑娘，别说男人围着她转，我们也想围着她转啊。

可是，真的别再自恋地拿一些明明什么都不会，却硬要说自己很可爱的女一号来糊弄我们了，我们真的不傻，时代进步了，女性看剧的眼光也在进步呢。啊，如果，还可以再提一点要求的话，那就请你们，让男的个个会撩妹，女的全部赛天仙吧。食色，性也。

姜暮烟围着头纱在乌鲁克抬头看天的一幕，不要太美，简直就要把我一直女掰弯了。

我妹看了一眼，不以为然。放心吧，宋仲基秒秒钟把你再掰直了。

与爱情交手的那些年，你还好吗？

“船”说：

如果没有九死不悔的坚持与信念，我们终将毁于我们所热爱的爱情。爱情的刀光剑影，会杀死你对生活的期待，可爱情的润物无声，也给了你最好的纪念。

爱情就像一个江湖，你与形形色色的人交手过招，有时候赢了，有时候输得片甲不留，再无爱的勇气。

亲爱的，与爱情交手的这些年，你还好吗？

大学毕业那一年，我失恋了。很正常，谁没失过恋呢？

那时候我们彼此甩开手，发誓要恨对方一辈子。我拉黑他的QQ、微信和手机，他说，既然如此，何必当初？

可是，谁也料不到爱情的结局。如果一开始，便能猜到欢喜或悲伤，爱情便也撩不动人心。

同时失恋的，还有隔壁宿舍一个女孩子。她在一个午后，选择草草结束自己的生命，一个浪子，让她失去了对生活的所有期待。

她在医院躺了三天，重新活过来后，开始游戏人生。本来就是漂亮的人，现在刻意妩媚起来，已然可以称霸江湖了。她的男友像麦田，换了一茬又一茬，她和他们在一起恣意地疯狂，笑得比谁都开心。

可是，她不快乐，像爱过三少爷的慕容秋荻一样，哪怕称霸武林，在伤了心的爱情里，始终抬不起头。直到有一天，她累了，她说现在才知道，伤心地去游戏爱情，简直是对自己最大的惩罚，比 TM 全心全意爱一个人还要累。

有很长一段时间，她不愿意放下爱情中的戒备。

与爱情交手后的遍体鳞伤，往往都有后遗症。最常见的，便是不再交付真心。

去年，收到一个读者的私信：

“侏萝莉，我女友很任性，她做的所有事情，从来不考虑我的心情。她会突然对我很亲密，又会突然不理我。可是她是我碰到的最懂我的女孩子。我爱她，可是有时候我又恨她。”

我给他回复：“女孩子的‘作’，也许是希望得到更多的爱。别太介意。”

他又回：“不，也许她不爱我。她被前男友伤得很深，我不过被她临时征用，可是，她无论如何也不该因为那个男人的一句话，就去和他滚床单。被伤了，才想起我的好，又回过头来找我。”

我想说什么又不知从何说起，因为我知道，有些疑难杂症，只能自己去解。我给他回复了个大大的拥抱。很多事情，能说得出口，已经轻松了很多。

后来，我又断断续续收到他的微信，无非还是两人之间的来来往往，纷纷扰扰。

“她还是走了，根本等不及我说分手，对方一句软言，她就放弃所有盔甲，在我面前哭得不能自已，然后头也不回地走了。”这是他最后一次和我谈起那个女孩子，那一晚，他几乎醉死在酒吧里。

他说，他很怕，怕以后再也不敢对一个人全心全意。谁不怕呢？当年的我还不是因为一场失恋，把自己关在龟壳里很久很久。自信、勇气、热情统统被打垮。哪还敢对别人讲真心，怕自己的真心在别人的假意里沦为一场最荒唐的笑话。

今年，机缘巧合去到他的城市，他坚持要见我一面。咖啡馆里见到他，身边还有一个漂亮的女孩子。我有几秒钟的困惑，他亦看得出来，偷偷给我回了个微信：我的新女友。

是一个很沉静的女孩子，话不多，心很细，点菜的时候，对他的饮食喜好甚是了解。别小瞧这种心细，对一个人若是没有十足的留心，若不是时时刻刻想着他，念着他，根本不可能摸透他的生活习性。

他向那个女孩子介绍我时，眼神一刻都没有离开她，那股子甜腻，任谁看了都不免生出几分嫉妒。真好，我喜欢这样的爱情，哪怕受了很多伤，依然会忘我地投入，天真地去爱。

后来，他和我说，他一点都不恨从前的女朋友。每个人都有自己的苦衷，过去了就不愿放在心上。

真庆幸，那些年的大雨，没有变成最凄惶的屏障，困住他对爱情的那颗初心。

他始终还是那个少年，无畏、热忱。

“侏萝莉，谢谢你那时候肯听我说话，那些日子因为知道还有一个人在角落里，愿意默默地倾听，才不会那么难熬。”

我知道，其实我什么都没做。他能熬过去，不过是因为他始终是个明朗的人，内心的炽热一直在闪耀。

泥沙俱下的困境，林林总总的伤害，从来无法避免，饮食男女，谁不是踏着滚滚红尘，寻一处安静的客栈。

爱情，是不断地失去，反复地得到。上帝和你玩一场猜猜猜游戏，让一切不那么容易天长地久。

可也正是因为不能长久，爱情才会成为传奇，被歌之颂之。

我们不能因为一段错误的失去，而辜负下一个美好的得到。让人失望的从来不是爱情，而是被藏起来的信心、真心。困住我们的也从来不是过去，而是对未来的不确信。

可是，如果你不愿相信，所有的温暖也不会如期而至。幸福是个势利鬼，从不拿热脸贴别人的冷屁股。

别把自己逼进死胡同，进不得，退不出，畏首畏尾，汲汲营营，从此再也潇洒不起来。

亦舒说，爱情是一场瘟疫，最好一辈子也别遇到。

可是，我想说，去爱，去遇，去相信。哪怕得了一场瘟疫，又如何？你还不是在这瘟疫里，获得了最好的免疫力。

最怕，你放任自己死于瘟疫，一场恋爱便把你打入死地，从此天下无深爱。

我很欣赏周公子，在与爱情交手的那些年，她有过无数不得已，遭遇过种种内外伤。可是啊，始终，她都会爱，会流泪，会拥抱下一场爱情，所以她配得到现在所有的美好。

与爱情交手的那些年，你还好吗？你是否依旧灿烂热烈，勇敢无畏？

我希望你很好，也相信你终会很好。愿我们在这不那么漂亮的世界里，依然敢爱如当年。

有一种爱情，永远不翻船

“船”说：

有一种爱情是永远不会翻船，因为掌舵的人一心一意。爱情需要忍耐，更需要珍惜。它是最难攻克的课题，却有最简单的答案。

这世间，比云峰轻雾更缥缈的大概就是爱情，比海市蜃楼更虚无的大概亦是爱情。

遥远的歌声唱：千年修得同船渡。

时光越走越时髦，爱情越走越快速。现代人的爱情，更像是一夜风流之后，同驾一条快艇，探索未知的新鲜。

然而，爱情的小船说沉就沉。

2016 年最合适做我老公的人，一定是宋仲基啊，最让人向往的爱情绝壁是《太阳的后裔》啊。

因为他们的爱情干净利落，势均力敌。

你有你的梦想，我有我的志向；

你有你的本事，我有我的能耐。

然而也有不愉快，当柳时镇无论如何也不能解释自己职业，活在风里雨里的时候，姜暮烟说：我想我们不合适。

她认为他们的价值观并不势均力敌。

于是爱情的小船说沉就沉了。

前段时间，一个朋友谈起心事，说她可能要走到离婚的境地。因为当了全职太太在家与尿布、拖布、洗脚布步步不离的她，已经成了丈夫的头号嫌弃对象。

长得美有什么用，现在还不是只有下垂与皱纹？

学历高有什么用，你研究生是不是就只研究男人的微信与电话？

脾气好有什么用，你以为自己在卖笑？

老公愈发得意忘形，朋友渐渐沉沦下去，曾经的患难真情，换不回此刻的温暖相依。

明明前方海阔天空，我们却渴望换一个看海的人。自行车后的笑容早就消散，宝马车里的女主人应当艳光四射。

爱情是个势利眼，追不上对方的脚步，失去平衡，爱情的小船说沉就沉。

比得不到更让人唏嘘的，是得到后的不知足。

每个人心中对爱情都有最初的幻想：愿得一人心，白首不分离。最后，这美好的誓言，嘲笑孤单的自己。我们很容易变成：一人白首。

出轨，真是当下最时髦的词了。就好像一棵歪脖子树，没勾上热闹的红杏，它的一生就完了。

暖宝的老公出轨了，她知道，但她老公以为她不知道。

然而知道了，心就淡了下去。她变得像个陌生人，释放了心里的潘多拉盒子。和帅气的男人偷偷交往，去最醉人的酒吧，喝最刺激的酒。

我在去云南的火车上遇见她，她说她的目的只有一个，来一场最放纵的艳遇。

我问她，爱情不要了吗？她笑：醉笑陪君三千场，不诉离伤。

不能同心，何言不离，爱情这只小船，只允二人游，少一个人太寂寞，不知流浪到何方，多一个人太拥挤，说沉就沉了。

爱情是需要用百分百的诚心、用心来维护的。这一点，我从不怀疑。可是啊，我们却偏偏喜欢新的多过旧的，接受完美的，拒绝缺憾的，可是爱情从来都是不完美，才美。

一个同事，最近又分手了。原因很简单，她闹脾气的时候，男友没在两天之内道歉，于是分手。

她和我们细数前尘。

生日礼物，太穷酸，没新意，分手。

甜言蜜语，太老套，太低俗，分手。

百依百顺，没骨气，分手。

……

一切必须尽如人意，如不能则换掉。

百年以前的陆小曼何尝不是这般任性。她把爱情当作一场惊险的旅程，永远寻觅着激情，最后失去了王庚，失去了徐志摩。

可是啊，激情不是和未知的人一起体验已知的旅程，而是和已知的人共同探索未知的人生。

爱情像是叠放在衣柜里的一件衣服，被老鼠咬得千疮百孔，可是没关系，我们可以做一个裁缝，缝缝补补一辈子。

爱情是一艘小船，哪怕质量再好，也有年久失修的一天，如果我们不去经营，不去守护，那么爱情的小船说沉就沉了。

我的爱情，曾经于黑暗中触礁，几乎倾覆。

那时我们都刚毕业。

家中独子的他，不忍心远离父母，一心要留在省城。学日语的我，认为出国游学更有利于前景，和宿舍的姐妹淘约好，共赴日本。

像所有一毕业就分手的情侣们一样，我们争吵过，流泪过，不忍过，最终不能妥协。

道不同，天各一方。

他离开那座冰冷的城市，回到家乡省城。我留在学校，着手办理留学手续。

乘坐在爱情小艇上的我们，失去了一致的航线，迷了路，触了礁，爱情的小艇说沉就沉。

资料审核过后，准备启程之际，日本发生严重核泄漏事件，原本就不太同意我出国的父母，这一次说什么都不放我走了。我选择回到那个有他的城市，一切好似那么顺其自然。

几年后，我们结婚。想起这些往事，只觉感激。爱情的小艇迷了路，还好我们找到了彼此。

何必害怕错过，每一次重来都是一次新生。

亲爱的，我们都是胆小鬼。喜欢爱情的悸动，偏爱穿上盔甲，贪恋一个胸膛的温暖，又像刺猬一样防备。怕期望带来失望的恶性循环，怕爱一个人到不了天荒地老。我们不停站，慌慌张张往前走，把美好留在了身后。

无情淹没了我们，爱情不知不觉沉在海底。我不要你说事与愿违，我只要你爱，一切都来得及。

如果爱情迷路了

“船”说：

人不怕得病，就怕讳疾忌医。船不怕翻掉，就怕错了也不回头。人生不怕迷路，就怕迷途忘返，比向前走更重要的是回头看。

我特别喜欢一个药业公司的名字：修正药业。

因为切中要害，把准经脉。

可不，有病要治，说得文雅点，就是修正。

你说贴切不贴切？

身体出了毛病，当然要修修。

那么灵魂呢？

几个月前，我写过一篇文章《好姑娘，不做渣男收割机》，文章发出去两天后，阅读量上了千万，于是我收到很多读者的来信。

其中，聊得最多的是蝴蝶姑娘。

这是一个有点执拗的姑娘。虽然我怒其不争，哀其不幸，但是我挺稀罕她。

蝴蝶姑娘暗恋蜻蜓先生长达十年。

十年前，他们高三，即将毕业。高考解放了低血压的青春，迎来高血压的放纵。虽然，很多年后，他们会怀念当初那沉静的青春，但，当下，更多人选择的是释放。

蝴蝶姑娘便是在这种释放的情怀下，表示了自己对蜻蜓先生的爱慕。

于是，蜻蜓先生，便忽近忽远地和她保持了一小段暧昧。对于蝴蝶姑娘来说，这已经很让她满意了，她把他的暧昧看作青春的羞涩。

然而，蜻蜓先生恐怕不这么想。

我的很多男性朋友表示，他们并不太懂得什么是羞涩。对于女人，他们的态度是，爱了就追，其余的，先观察。

也就是说，爱的那个没有出现，又没有更好的选择时，他们不介意陪其他女人玩玩。男人的暧昧，说人话，就是“炮友”前规则。

所以，他们的形势一开始就是很明显的。

想当专用轮胎的，追着车子跑。而车子，都有超级备胎。

蝴蝶姑娘甚至更惨，她说很多年后才明白，当年的她连做备胎都没资格，充其量是个千斤顶。

很快，大学开学，蜻蜓先生考到北京某著名戏剧学院。和凯凯王、大幂幂等成为同校学生。美女如云必须啊，拈花惹草必须啊。而蝴蝶姑娘呢，只是个普普通通的本科生。

蝴蝶姑娘说，他身边从来不缺女人，所以，你能想象到，他有多帅。

其实，我想象不到，但我用脚趾头也能想到她爱得有多惨兮兮。

帅哥太多了，死心塌地的姑娘却不多。

很快，蜻蜓先生开始拍戏，都是一些小角色，在娱乐圈，有头有脸的就那么几个。他拍了很多年戏，依然在北京买不了大房子。所以，他爱的姑娘离开了他，转头嫁给了一个有物质有经验的大叔。

梦想与爱情，都是别人的。

生存与被甩才是自己的。

一无所有的蜻蜓先生觉得在北京混下去，也没什么意思。便接受了妈妈的安排，回到自己的家乡，在一个二线城市的国企，做着朝九晚五的工作。和拍戏比，的确枯燥了点，但好在待遇不错，而且稳定。

也是因为如此，他和蝴蝶姑娘原本渐行渐远的人生又重新有了交集。

十年，很长，长到可以改变两个人，长到曾经的灰姑娘，渐渐有了公主的风范。

十年后的蝴蝶姑娘，不再是当年那个笨拙青涩的黄毛丫头。大学毕业后的她，早已经成为公务员，供职于政府单位，有着不错的薪水和超强的工作能力。

然而，十年前的“见色起意”，让蝴蝶姑娘中毒太深。

在她心里，男神回来了。所以她心甘情愿，以“迅雷”之速做回他身边的小矮人。

她帮他联系当地的话剧资源，介绍更多的表演机会；她给他招收艺考学生，开设私人表演培训工作室；她化身他的助理兼经纪人，既干着打杂的活，又操着捧红他的心。

两人水到渠成的谈恋爱。蝴蝶姑娘很开心，比起曾经的暧昧，她觉得自己离他更近一些了。

他离开的这些年里，她从来没有真正忘记他，纵然有过几段恋情，爱过几个男人。然而，心里始终挂念他。

现在他回来了，抱着他，她不会再想和其他男人睡在一起，于是，她认定自己是真的爱他。

他们甚至一度到了谈婚论嫁的地步。他说要娶她，她当了真，他却转眼以父母不同意为由，要和她分手。

也就是在这一天，蝴蝶姑娘给我私信，讲了上面这一串长长的故事。

显然，这并不是结局。

在第二天、第三天的聊天中，我才知道，和蝴蝶姑娘保持恋爱的同时，蜻蜓先生从未放弃过与其他女子的交往。他拖着她，去寻找自己的灵魂伴侣，受挫以后，来她这里找安慰。

我说，你觉得他爱你吗？

她苦笑，说自己只是从千斤顶变成了备胎。

然而，备胎的日子要比千斤顶的日子更难过，离得愈近，伤得愈深。

我比蝴蝶姑娘毒舌。我说，于他而言，你只是一个转正的“炮友”。

从前暧昧，是怕负责任，现在转了正，是发现不用负责任。

他无所顾忌地伤害她，把她一个人扔在冰冷的医院里，和一个未曾谋面的孩子告别。

也理所当然地利用她，用她的人脉，用她的资源，用她的不忍心。

然而这一次，有点不同，他决绝地和她分手，我猜想是遇到了心动的姑娘。

他说：我们之间肯定不可能了。

他说：分手后，我们可不可以继续做朋友？

他说：你别夜里给我打电话，白天上班的时候随便你怎么联系我。但是，你不能不管我。

我说：凭什么啊？

蝴蝶姑娘说：就凭我爱他，他不爱我。

于是，以上所有，她令我大跌眼镜地都做到了。

眼睁睁看着他和别的姑娘在前方巫山云雨，她在后方持续为他提供炮火，这得有多么强大的小心脏啊。

难道彻底离开他，不比现在更好？

然而，蝴蝶姑娘放不下，十年的坚持，她总觉得只要坚持下去，就能感动他。

然而感动并不是爱情，最多能让他愧疚，却不能让他心动。况且，那个男人连愧疚都没看出有多少。

就像做了一道题，蝴蝶姑娘明知道她钟情的答案是错的，可她愿意为了这道答案，放弃整场考试。

很傻，很执拗。可也唯有这点纠结、折磨、难熬和零智商，才显现出爱情叹为观止的美。

这样的姑娘，是劝不动的。

就像犯了错的小孩，很难主动认错。

唯一的方法是什么？是心死过，然后重新来过。

很可惜，他一直不让她死心，所以她注定被虐得遍体鳞伤。

认真的女人最怕遇到这样的男人。给你一巴掌，再给你一颗糖，于是为了那颗糖，你跪求那一巴掌。

我说：哪怕是欲擒故纵也好，你不要再主动联系他，能坚持多久就坚持多久。

可是，往往不到一个星期，她就败下阵来。她狠不下心来对待自己，只能轮到他狠心来对付她。蝴蝶姑娘说，她像萧红，也像被嫌弃的松子，为了得到一点爱，各种摇尾乞怜。

是的，她们都得了一种病：缺爱综合征。

现在，让我们回到话题的最初。如果你的灵魂，也和蝴蝶姑娘一样，因为爱被桎梏，你会如何治愈它？

这并不是一个无解的题。甚至，大多数人看来，答案已经呼之欲出。

只有两条路。

要么，离开他，好好过自己的生活，管他是不是后宫失火，都不做那个被殃及的池鱼。

要么，继续耗着，得偿心愿。而根据上万年的爱情史来看，这种得偿心愿，未必是好结果。

我相信，很多人会选择第一条路。哪怕执拗如蝴蝶姑娘，我也始终相信，她会在某个瞬间，哀莫如心死，从池鱼变成飞鸟。

需要的是时间罢了。

很多时候，你以为你离不开一个人，其实，只是不愿意罢了。离开他的痛楚，就在此刻，真切深刻，离开之后的美好，却在未来，难以捉摸。千方百计地摆脱痛楚，貌似要比去抓一个不可预知的未来，来得更实际一些。

所以，太多姑娘，都缺乏修正灵魂的勇气。开刀割掉长在身体里的肿瘤，会瞬间血肉模糊，太疼了，不如，就让它这么留着吧，偶尔小疼一下终归是能忍一忍的。

可是，被纵容的肿瘤，终会残忍地长大，吞噬掉健康的细胞。

那个时候，你将别无选择。

如果爱情终归要大病一场，我希望，你自己是那个主治医生。

如果你放弃治疗。那么对不起，出来混，迟早要还的。

蝴蝶姑娘发来微信：我不想再联系他了。

你呢？愿意对自己动刀了吗？

爱情的小船，挤不进第三个人

“船”说：

爱情这艘船，只能容纳两个人，多一个人便要付出翻船的代价。两个人并肩，最美，三个人并肩，太挤。

嗐，爱情是蚀骨蚀心的。

像在某个特定的瞬间，喝下一杯甜酒，杯中有毒却不自知，溺毙在一场天荒地老的荒诞梦境，再回首，世界更迭，又是一个时代。

身边的人，韶华未有，激情不再，宛如烟花荼蘼之后的一地死灰。曾经的那么多年真像是梦一样了。

不敢睁眼看，怕这现实残酷，人情凉薄。于是梦一场接一场做下去，像爱一样。

于不同的人身上，在千万个床第之中，把梦造得愈加旖旎暧昧，把欲望推向海的高潮，把灵魂涤荡在暗礁深渊。

十几岁的少女，倘若遇见这样的造梦人，便像沉船搅进了暗潮，潮水腥湿，海藻纠缠，青春就真的那么晦暗下去了。

在网上写文之后，最近一个月，收到了数十个一样的烦恼：婚外情。主角不同，故事类似。

她们的问题，最终都指向一个困惑：这样的感情可以接受吗？

她于大学未毕业之时，结识一个大自己十岁的男人。自认毫无代沟，相见恨晚。三十岁男人的阅历和成熟魅力，让她无从抵挡，步步沉沦。他亦说起自己的婚姻，认为那是一段失败的感情，以及一次浊恶的低头。

相识的六个月中，他对她有求必应，无微不至。物质与感情的双向抵达，让她无可自拔，她说，她遇到了可以携手到老之人，此后，纵浮花浪蕊，妾心匪石。

爱得一发不可收拾，发乎情，最终不能止于礼。

他们疯狂地需要彼此，在那个城市的春夏与秋冬，夜间与白昼。

阳光抽打着交缠的影子，月色盛满了晦明交替的心事。城市像从头顶飘过，汽车轰鸣，人声混沌，行迹亦模糊。浮世万物，像黑白默片，快速地推进着。

她抽离他，就如抽离这场电影。失望、落寞、欣喜，茫然不知去往何处，一次抽离，是一次青春的褪色。

直到她怀孕，青春也老了。那个娶她的誓言，从未到来。

他抱着她，说天荒地老的鬼话，乐此不疲地带着她沉沦于离婚进行曲。她自知腹中孩子等不到父母为他共庆生辰，欢天喜地。只能暗自神伤，用最快的速度，为他不合时宜的到来做一个最快的收梢。

她继续等他三年，等来的是他的妻子已经怀了第二胎。他说：我是被逼的。

啊，多么卑鄙的谎言。

一颗心，沉到海底。她鞭笞自己，说她是个人人喊打的小三，羞辱与骂声更迭而至，又有何妨，胸腔里回荡的是愤怒，还有些许的不甘。

她问：该不该等下去？这样的二婚男人可以接受吗？

每次被问到这种问题的时候，觉得很痛心。也许作为一个已婚的，守护着爱情的姑娘来说，我应该骂她。

然而，我又有什么资格站在道德的制高点，去对别人的任何行为进行批判呢？更何况她已经在道德上否定了自己，她只是想找一个人说说心里话。

我给她讲了一个故事。

二十岁那年，我上大学，在培训机构实习时，遇见过一个男人。三十多岁，多金多才，貌似绅士。

长期工作在一起，他又是上司，便渐渐熟悉起来。时隔不久，他开始私下约我，或是常常等着我下班，在心理上撩拨我，在言语上轻薄我。那些话听起来暧昧极了。某一个晚上，我发了空间动态，附一张云南风景照，说这是我的乌托邦。他在凌晨给我发来QQ信息，是丽江的山水缭绕与地理坐标，然后是一句话：和爱的人，一起去一个最美的地方，做爱做的事情。我有那个荣幸吗？

第二天看见他的时候，他一脸若无其事的样子。我知道他在等什么。鱼饵已抛掷，鱼要自己上钩。

这种招数，对于还在朦胧期的少女们来说，很管用。加上平常他又关怀备至，温文尔雅。

我把那条信息删除了。对于一个十八九岁已经谈了恋爱的姑娘来说，她的怀春时期已经过了，春梦留给了少年，没有大叔的位置。

他这招欲擒故纵，我并不感冒。我把那句浪漫的话，列出来，删掉所有的定语、宾语和谓语。掐头去尾，只剩两个字：做爱。

我没搭理他，但那几天他晃荡的影子，从我面前经过的次数更多了。他常常提高了嗓门说：单身的男人好寂寞啊。

我自然不信。对他越来越冷淡。

实习期满的那一天，我看见他和一个女人拥抱，旁边站着个几岁大的孩子。一家三口，不羡仙。

下班后，我收拾好自己的东西，准备离开。公司里的同事压低了声音在谈什么，一个保洁阿姨对我说：姑娘，你可不能年纪轻轻就破坏人家家庭啊。

我笑了笑，背着包就出了门。

我对那个姑娘说：你看一个大叔对付一个萝莉，他的狠心你都猜不到。这样的男人别说二婚了，哪怕单身，都不值得你嫁。

他从来就不是那个可以匹配你青春的男人。

当然，我想他也不会成为二婚，离婚只是一个骗人的借口。婚外情的男人，看上的不过是萝莉的年轻与貌美，只是萝莉当了真。

后来，我又收到了不少这样的情感倾诉。有互为婚外情的，有单方的。我点了点信息删除，不再回答。

我知道，每一个人心中早有答案。作为只能聆听的树洞，我也有疲惫的那一天。

很多婚外情的主角，也曾风度翩翩，有一段羡煞众生的爱情。

爱情如烈酒，时光似白水，爱情太短而时光太长，于是烈酒最终被勾兑出奇怪的味道。

所有婚外情，不外乎在寻找烈酒的味道。只是结局不同罢了。

可是亲爱的青春正好的姑娘，你的年华正当烈酒，你应该去看最美的风景，喝最烈的酒，骑最快的马，过最洒脱的人生。

那些大叔们带来的幽闭与忧伤，那些大叔们能给而少年不能给的成熟理智，终有一天少年也能给你。怕只怕，那时候，少年不再，而你又开始渴饮烈酒。

我享受每一个当下。

别急着向岁月伸手拿十年后才属于你的东西，而错过此刻年华猎猎。

去爱最好的人，像风一样生活，像根一样留下。

好姑娘，不做渣男收割机

“船”说：

爱情的翻船司空见惯，就像出门碰见坏天气，稀松平常得很。重要的是，你不能一直沉沦下去，要找到出口，要迅速抽离。

我有一个朋友，叫阿雅，瘦白，高挑，整个人看起来，有一种恹恹的美。不说话的时候，会让人觉得美如画，一开口，便知她是个天真无邪的姑娘。哦，对了，她还是个标准的“拆二代”，我们总是和她开玩笑，说她将来一定是最美包租婆。

第一次见她，是在另一个朋友的聚会里。她正一把鼻涕一把泪和一群闺蜜控诉着她那不靠谱男友的种种罪行时，我刚推门进屋，帅气地脱下大衣，跷起二郎腿，准备对着眼前的爆米花大干一场。

她那一群闺蜜兼我的损友，齐刷刷地用手指着我。“找她，新晋的美女小作家，专门琢磨男女那点事儿。”

“滚边儿去。嘿嘿，美女就算了，男女那点八卦倒是感兴趣。”

于是，一群女人，七嘴八舌地和我说起了阿雅的那点遭遇。

其实，也没什么。这年头，不靠谱的男人多了去了，遇见一个，也不稀奇。她男友，不算渣，既不劈腿，也不乱来，就是坏毛病太多。

比如，爱喝酒，只要闲着没事，就要和一群酒肉朋友，胡吃海喝。比如，有点懒，她要一天到晚跟在他屁股后面收拾。比如，脾气大，生气的时候，说话像泼妇骂街。

她问我：“该怎么办？”

我问她：“你想怎么办？”

她说：“想分手，但是一想到他对我的好，就舍不得。再说，哪个男人能没有点毛病呢？是吧？”

“哦，那就是还能忍了？忍无可忍再说吧。”

闺蜜抱怨我：“你这说话也太刻薄了，什么叫‘忍无可忍再说’，你就不能劝劝她，趁早离开那个男人？”

我没有再多说什么。

不是我不劝阿雅离开她男友，而是她根本就没有离开他的念头。虽然他也没那么好，但是她已经习惯了。不用别人给任何暗示，她也会给自己找“在一起”的理由。而我，明知多说无益，何必枉做了小人呢？

所以，只能等，等到那个男人洗心革面，做回好好先生。或者，等到阿雅忍无可忍，弃暗投明。

在此之前，她所有的抱怨，都是倒垃圾，我们这些听众，说白了，都是垃圾桶。

一般来说，等到的结局，通常是后者。但对于阿雅，我很担心，会有第三种结局。

大概一年后，接到阿雅的电话，说想找我聊聊。

小餐馆里再见到她，人，好像，更清瘦了一些。

不用问，也知道她最近过得不太好。

她的男朋友变本加厉了。以前虽然喝酒，但听她的劝，现在，她已经根本无力左右他。脾气相较从前，也更大了，甚至敢对她动手了。至于工作上，更是不思进取，游手好闲。

“我很纠结，其实他不喝酒，不发脾气的时候，对我还是很好的，会说好听的话，会买很多东西讨好我。”

“既然如此，你为什么来找我呢？阿雅，不要再替他找借口了。一年前，我就想说这句话了，可我也抱一点希望，觉得他不是那么渣。现在，我真的希望你离开他。”

“我就是不甘心，我和他在一起三年，如果现在离开了，那这三年不全浪费了吗？”

“三年，能让你看清一个人，就不算浪费。如果你为过去的三年不甘心，你有想过之后的三十年、四十年、五十年吗？”

“可是，我现在也到了谈婚论嫁的年龄，我真的没有精力再谈一场恋爱了。”

我知道，阿雅仍在给自己洗脑，哪怕有一个理由，她都能打满鸡血，重新回到那乱七八糟的生活。

果然，还是猜中了第三种结局：忍无可忍，从头再忍。

生活中，有不少这样的女孩子。她们足够有忍耐力，却给了最不该给的渣男，她们太过软弱，缺乏修正错误的勇气。所以，她们做着一成不变的工作，拥有不能轻舍的感情，哪怕它足够烂、足够渣。

这样的女孩子，多半有点受虐倾向。或者，说好听点，消极的乐观主义精神。

再或者，换另外一种流行的说法，这种女孩子往往是渣男收割机。

比如，民国时代文艺女神阮玲玉，太软弱。

再比如，现在风口浪尖的郑爽，太天真。

如果，她们不自己清醒过来，哪怕离开了现任，除非运气爆棚，多半还是会栽到另一个渣男手里。

和阿雅的推心置腹，自然没有什么结果。我再一次做好了一个垃圾桶的本分，而阿雅，义无反顾地转头奔向那个男人，不过是他来了个电话，“诚恳”地道歉，“庄重”地许诺。

原谅一个渣男，需要多长时间？一通电话就足够了。

再一年后，这群闺蜜，各自有了家庭。与阿雅的联系，越来越少，听说她也结婚了，新郎不是那个渣男。当初两人分分合合，闹得太过，阿雅的父母，实在看不下去，趁两人闹分手，强硬地把女儿嫁了出去。

她在群聊里，给我们发来消息：你们说得对，不要给别人的渣找理由，更不要给自己的软弱找借口。有了现在的他，我才发现从前的我，有多自欺欺人。

后来，我们见到了阿雅的新郎，是一个温暖敦厚的好男人，体贴、踏实，最重要的，很有担当。阿雅依然美，只是不再恹恹的，而是神采奕奕。

有时一个选择，就可以左右一个人的命运，就是这样简单。阿雅应该感谢她的父母，逼她做了正确的选择。

可能，很多人并没有阿雅的幸运，但我仍然无比希望，她们能在某个瞬间清醒过来。

是好姑娘，就不要成为渣男收割机。更不要为自己烂掉的感情，找各种借口。离开，其实也没那么难。如果爱情不能雪中送炭，锦上添花也不错。但不要，让他的渣，扎疼了你的人生。

为什么遇到渣男的总是你

“船”说：

你宽容大度、善良忍耐，为什么遇到渣男的总是你？亲爱的你把自己的当圣母，难怪爱情要翻船。

前不久闺蜜 S 嫁人了，对方是圈子里盛名久负的渣男 A。大学时谈恋爱仿佛脚踏长江、黄河，女友源源不绝。毕业后，更是撩风渐长，勾搭起妹子来毫不手软。真爱那玩意儿对他来说简直是见鬼。

他结婚前的人生，不是在劈腿，就是在去劈腿的路上。身边的男性朋友提到他，全是一副暗恨的样子，并纷纷甩下毒咒：这家伙，要么精尽人亡，要么人亡精尽啊。

在我们以为他必定在渣的路上继续全副武装，潇洒前行之时，他却猛然转身，给自己找了个归宿。

在我们又以为婚了也无鸟用，他将继续浪荡下去的时候，他又一个急转弯，撒腿奔向好好先生的道路。

于是我们只能望洋兴叹：世界太快，脚步太慢啊。

比我们更暗恨、更无奈、更抓狂的是他的前女友们。

明明半年以前，他还信誓旦旦地告诉她们：没有婚姻那个庸俗的形式，我们在一起也可以很快乐啊。然而半年后，他便欢天喜地和另一个女人公开了他所谓的“最庸俗的形式”。

他和一群女人的小船说翻就翻了。

原来，他不是不想结婚，只是不想和她们结婚。

所以，Miss 姚，狠狠地摇晃着红酒杯，一个猛子干完了一杯威士忌，醉醺醺地自嘲道：“我一直以为，他就这样儿，天生的渣、坏、痞，可是我错了，原来他也可以不渣的，不过不是对我罢了。”

是的，不是他渣，他只是对你渣。

So，why ? 我也想知道为什么。

因为Miss 姚是渣女吗？才不。事实上，Miss 姚是个不折不扣的好女人。

性格温柔，样貌清丽，高学历，银行体制内职员，正儿八经的高级白领。是一群妈妈桑心中的标准儿媳，也是一众好男儿心中最合适的结婚对象。

然而，偏偏遇到了 A，一脚踩进泥潭里，便被泥鳅咬住了脚，再也拔不出来。

要不是亲眼看到她是如何死心塌地对 A 好，我还真不敢相信，现在还有这样讲文明，树新风的姑娘。

A 毕业后，和两个同学一起合租了一个三室的大房子。三个大男人住在一起，结果可想而知，冬天，零下几摄氏度的空气里，都能弥漫着久久不散的气味儿，那酸爽，简直了。

Miss 姚，每每走进 A 的屋里，都觉得无法下脚。后来，便每周来为他们打扫一次房间，高至擦窗户，低至刷马桶，无所不能。有时候，A 也会于心不忍，主动提出帮她分担点什么，她总是笑得一脸宠溺，连连摆手说不用，让他忙他应该忙的。

于是，他便打开电脑，叼着烟，玩着网游，钓着妹子。而姚小姐在烟雾缭绕中畅想着自己未来的幸福生活，并被自己的贤良美德感动着。

后来，这便成了常态。她忙着给他们打扫卫生，几乎沦为他们的钟点工。他们却在她还在厨房忙着煮最后一道汤时，一扫而光桌上所有的饭菜，压根儿没有想过等她一起吃饭，也没考虑她怎么吃饭。

因为，从前，每回他喊她吃饭的时候，她总是一脸赧然地说："你们先吃，别等一会儿菜凉了。"

她忽略着自己，所以不用多久，他也忽略了她。

本来责任心也不怎么强的A，也想过负那么一点责任的。可是她自以为是地不给他这个机会。

他喝醉酒了，打电话让她接送；惹麻烦了找她摆平；缺钱了管她要；和她在一起待腻了，转身睡倒在别的女孩儿床上；她惹他生气了，他在大冬天的深夜，把衣衫单薄的她扔在大街上，丝毫不顾虑她的安危。

她眼睁睁看着他劈腿，怒其不争地告诉他：我可以原谅你的。

可是他连原谅的机会也不想给她。A说：我不想让你原谅我，我只想和你分手。

就这样，爱情的小船说翻就翻，姚小姐从 A 的人生里出了局。

可是，她感动天，感动地，感动自己，为什么感动不了 A？

一定有人说，爱情不是感动。对，可是爱情一定会让人感动。姚小姐不是感动不了 A，而是亲手扼杀了他的感动。她把自己放在了圣母的角色，又凭什么和他谈爱情呢？

其实，A 并不是渣到骨子里去的男人。只是，他的前任们和姚小姐一味纵容，给他不断翻船的机会罢了。当然，这些女孩儿里，极少数太把 A 当回事，大多数又不把他当回事。

和很多“70 后”比，大多数的“85 后”“90 后”可能都有那么一点“渣”属性。

也不能完全怪他们。

他们成长的阶段里，大环境上，是中国经济最好的时期，又是独生子女政策推行的时期，很多人家里只有一个孩子，所以从小被捧在掌心长大，习惯了为非作歹，为所欲为。

就拿我的先生为例。标准娇生惯养的独生子，从小衣来伸手，饭来张口。习惯了身边所有人围着自己转，只能别人对他好，因为长久以来形成的意识是：这是他们应该做的。

我婆婆有时候会和我抱怨他儿子又懒又不会做家务。可是，在我看来，那抱怨里都透着宠溺。

他当然什么都不会。

每次回家他的日常都是这样的：

“衣服脏了吧，快，脱下来，妈妈给你洗洗。”

“儿子，快起来吃饭，妈妈给你放桌上了，水果给你洗好了啊。”

如果，哪顿饭，他皱皱眉，觉得不好吃了，我婆婆能立马再去做一份。

别说我先生了，就是我，都被惯得一身毛病。

然而，在我们自己的小家里。又忙上班，又忙码字的我，真的没精力做他的情人兼圣母，很多事情，他只能自己来。无奈之下，洗衣做饭，样样都学会了。然后，才懂得对我说一句：唉，做家务也挺辛苦啊。

连他自己都说：我不是不想对你好，只是不知道方式罢了，但是你可以教我啊。

于是我们家的准则就变成了：你要尊重别人对你的好，我忙的时候，不求你必须和我一样忙，搭把手总是可以的吧。饭菜不合口，别动不动抱怨，you can you up，no can no BB。我的做法一般是，能吃就吃，吃不下，我会立马把饭菜倒掉，大家一起饿着。如果，我先生主动要求帮我做事情，我从不拒绝，作为家庭的一员，他有必要，有责任知道，维持一个家庭的艰辛。

时间久了，他便知道每一份付出都不是那么轻而易举的，唯有他付出了，他才知道珍惜。爱情也是一样的，作为恋爱双方中的一员，他应该知道他要负的责任是什么。

很多渣男的进化，是因为女孩一直在扮演着大人的角色，没有教会他负责任。女孩的态度使他认定了，无论自己如何贻害人间，都能轻易被纵容。既然如此，何不逍遥自在地渣下去。

就像陈赫前妻雷拉小姐说的那样：在上一段感情中我总是扮演长辈的角色，从生活的细琐到嘴上的大道理，这个相处方式明显不对劲儿，结局也有目共睹，我自认为最失败的一点是始终没教会对方负责任……无底线地被包容……让他总觉得生活中机会大过考验……这样的人面对指责惯用组合计就是逃避加推卸责任。

人性，是如此的复杂，谁没点渣的苗头呢？重要的是，聪明的女孩儿，会适时地掐灭那小小的火苗；而过度宽容的女孩儿，任它发展成了燎原之火。

渣，是可以救赎的，船，是可以不翻的。当然，不包括天生渣以及暴力狂等无药可救的种类。

A 很庆幸自己遇到了闺蜜 S，她包容他，但并不一味地宽容。我们在 A 的身上看到了惊喜的改变，他自己也看到了改变，而且他喜欢那改变。谁愿意顶着“渣男”的名号，遭人嫌弃呢？

不要动不动提原谅，那是助纣为虐，拔苗助长，也不要动不动就提恨，那会催生怨气。

任何时候船不翻的原理都是：平衡。爱与恨要平衡，包容与批评要平衡。你真的不用过度忍耐一件事情，爱情里，让人不舒服的，往往都是不合适的。

爱情也有是非观。你爱的人，并不需要你去原谅他，而是需要你不给他犯错的机会。

容忍“渣”是不道德的，容忍犯错也是不道德的。太多女人，喜欢原谅渣男，不喜欢纠正渣男。

但是，出来混，就得有错要认，挨打要立正。

◆

Chapter 3

梦想的航母永不沉

用笑、暖、萌、逗和翻船的小时代抗衡，左手等梦想，右手去疗伤。

没有随随便便的成功，只有漫不经心的翻船

“船”说：

成功从来没有捷径，努力是唯一的航向标。很多人的翻船啊，是因为他从来都没有划过船。

时光可以湮灭容颜，当然还有梦想。

早在很多年前，孙俪是电视剧《情深深雨蒙蒙》里一个连正脸都瞧不见的舞蹈演员。2003年拍摄《玉观音》的时候，她的片酬一集低到只有五千元。因《玉观音》成名，她后来努力拍了很多好的电视剧。拍《甄嬛传》的时候，她一集的片酬涨到三十万。

2014年，孙俪拍摄《芈月传》，一集的片酬已是天价八十十五万。

和她合作过的演员接受采访时说，孙俪异常勤奋认真。孙俪说

她感动的却是蔡少芬，拍摄《甄嬛传》的时候，她刚怀孕，为了诠释好角色，她不听任何人的劝导，跪地几个小时，和陈建斌老师演对手戏。

很少有人能想象，除了拍《玉观音》的时候休息过三个月，孙俪几乎没有一天好好休息过。每天半夜三更背剧本，同时还要照顾邓超的生活。

这样的人，不红都难。

和身边的好友聊起这些明星，感慨她们辛酸难言。一个姑娘说，一集给我八十五万，什么辛酸我都接受。

其实错了。我们习惯把梦想实现的顺序弄颠倒，不是因为一集八十五万，所以背剧本，而是因为坚持背剧本，所以一集八十五万。

别埋怨，别不忿，这世上，真的没有什么成功是随随便便的。你不拼命，永远没有机会。

我是一个重度懒癌患者。

作为一个女人，我永远不会放弃一个梦想：A4 腰，网红脸，马甲线。然而，最近我发现自己长得越来越丑了。

A4 腰算什么？我的赘肉可以让 A4 纸反过来。网红脸，多俗啊，我是 2B 脸，马甲线太弱了，我是长城长。

不想被丑肆虐，我发誓要减肥。然而仰卧起坐，只有仰卧没起坐；慢跑只有慢，没有跑；游泳只有泳，没有游。

因为懒，梦想的小船，就这么说翻就翻了。

想起袁珊珊，早年一直被人嫌弃的她，戏内认真，戏外泡在健身房，每天数小时的运动量，让她有了 A4 腰，有了马甲线，还可以反手摸肚脐。她成了宅男女神，再也不被人嘲笑“滚出娱乐圈”。

梦想的逆袭，道理就是这么简单。今天你对梦想懒，明天梦想对你懒。

每一个梦想变美的姑娘，请治好你的懒癌。

杨澜说：没有人有义务通过你邋遢的外表，发现你优秀的内在。在这个看脸的世界，懒丑的代价，就是失去世界。

前几天，一朋友和我说，他准备放弃梦想了。他从初中开始学习画画，一直梦想成为一名优秀的画家，开办个人画展，现在他决定回到小城，过简单的生活。

他放弃时那难受的样子，让我有瞬间震动。那天晚上我抛给了读者群一个问题：你们的梦想实现了吗？

一时间，群里炸了。

“我的梦想是成为中国首富，现在一个叫马云的替我实现了。”

“我的梦想是当个演员，可是你看我现在胖得连眼都看不见。”

“我的梦想是当个飞行师，现在只能坐飞机时才能想到飞机的样子。”

……

长久的沉默，大家都有些许惆怅。

过了很久，一个读者说：人最痛苦的事情，是我本可以，但却没有。

那天之后，我突然就明白了为什么我们要努力实现梦想，因为不想有遗憾，为什么又放弃梦想，因为坚持太难了。

可是，最好的路，从来都是最难走的。

1999 年创办阿里巴巴的马云，考重点小学失败，考重点中学失败，考大学考了三年，还好始终没放弃。

梦想是要脚踏实地的，是和眼泪相关的，不哭过长夜的人，不足以语梦想。

1996 年，已经成名的杨澜，怀着一个孩子，念了哥伦比亚大学的硕士学位，做了一档节目《杨澜视线》，怀着孕尚且用命去拼，只是为着一个梦想：做高端访谈电视节目。

她最终成功。

这世上根本就没有毫无道理的横空出世，他与她梦想的实现，也许正是因为比我们多坚持了一点。

当我们不能坚持，不拼到无能为力，梦想的航空母舰便说沉就沉了。

有段时间，朋友圈很流行一句话：你不优秀，认识谁都没用。乍一听，很有道理。这句话的初衷是好的，鼓励每个人都要非常努力，因为当你足够闪耀，自然有人来找你。

然而我觉得，有时候你认识的人真的对你很有用，你觉得他没用，不过是他不能为你所用。我一直认为，在成功的道路上，人脉必不可少。我所谓的人脉，不一定要很牛，但他能在关键时刻，让你坚持下去。**重要的根本不是你认识了谁，而是你认识的人能让你成为谁。**

比如赵薇，年少成名，而后挫折，如果不是有人在黑暗中拉了她一把，现在一切也许略有不同。

初中时候，发现自己喜欢文字。当时的班主任语文老师非常支持，常常用自己的钱购买一些书籍送给我，并帮我把文章发在当地的报纸，讲真，如果没有她的信赖、帮助与指引，文字这条路我早就放弃了。那时候我物理很差，老师又冷嘲热讽，后来我的物理就再也没有考出好成绩。

我们容易走进死胡同，认为你必须很厉害，才会有人帮助你，或者只要有贵人相助，你就能变得很厉害。然而这两者从来不矛盾，梦想要有，背后为你指点迷津的人也要有。

误入歧途，梦想的小船说翻就翻。

最初的梦想要戴上隐形的翅膀，才能带你飞过绝境。梦想一定要有，哪怕最终没实现，至少也曾真真切切。我们一路急功近利，忘了给梦一个臂膀，我不要你感叹我本可以，我要你说我很可以。

别让年轻的自己死于懒癌

“船”说：

没什么比成长更重要，当你真正开始努力，你一点儿都不会害怕翻船，因为你知道你总能站起来。

女人过了二十五岁，关注点会逐渐转变。二十七岁这一年，我开始格外关注自己的成长，并且希望把这种成长坚持下来。

十几岁的时候，被时光裹挟着长大，急匆匆的，别人说要读书，于是拼命读书，别人说要考大学，就去考大学，完全没有自控能力，糊糊涂涂就长大了。

长大了吗？

随着时间的追赶，胸大了，腿长了，钱多了。不再莽撞、逐渐摆脱无知，脾气收敛不少，与人交往也懂眉眼高低。但我并不满意，一个只学会了应对苟且，丝毫 get 不到价值的女人，谈何满意？

二十七岁，开始变得从容一些。从一个开口闭口谈男人、谈闺蜜的小女生，变成一个追求自我价值的姑娘。一个女人，优雅从容的开始，不单是经济上的独立，而是无论周遭境遇如何，都开始不再慌张。

◆ 1. 在兴趣中重塑价值

内心始终深埋一颗火种，熊熊燃烧，砥砺你朝冰冷的世界迸发。今年年初，开始真正在文字上努力，坚持利用每天的下班时间去码字，而后慢慢地和一群畅销书作者、爆文作者混在一个圈里，他们中的好多人，都是白天全职工作，晚上熬成黑眼圈，创造一篇又一篇的好文章，还有一些，怀着孕，也笔耕不辍。

有时候群里聊天，聊着聊着就散了。大家纷纷说，不聊了，码字去。然后会有人问："你们都没有生活的吗？何必把自己逼得这么苦。"

有时候，我妈也会问我这句话："宝宝，你真的要这么拼吗？就算为了挣钱，也不至于如此啊。"

不至于吗？我无数次设想把现在的生活推翻重来，而后答案逐渐清晰：至于。

不是为了要挣多少钱，更多时候，是在码字的过程中，重塑了自身的价值。**对于一个女人来说，如果有什么可以打败爱情的话，大概就是在坚持兴趣与梦想的过程中，所收获的成长。**

过去的二十六年里，从没有哪一刻像现在一样确信，我会成为一个什么样的人。

我很庆幸自己拥有兴趣。因为兴趣，我养成了坚持的习惯，从一个资深懒癌，变成了一个自控力还不错的人。以前下了班，我会第一时间打开电视，现在我会打开电脑，把自己喷涌而出的灵感，码成一个个有灵性的文字，文章在网上成为热文后，有时会收到一些读者的求助，在和他们聊天的过程中，我会更加确信自己并非一个无用之人。**人，有时候就是这样，需要一些陌生人的肯定。**

◆ 2. 依靠兴趣，提升自控力

有个很聊得来的文友，今年我们商量着接了一些专栏，约了一批书评，其中一部分工作并不会获得金钱上的报酬，但我们都坚定不移地接了下来，原因是这些工作都有明确的时间规定。我俩一致认为，这会让人养成坚持的习惯。**来自外界的约束力往往比内心的约束力强大，这是提高自控力的一个很好的办法。**

几天前，一个学医的妹妹和我说，相比较医学，她更喜欢美术设计，她很后悔当年高考听了家人的意见，选择医科，以至于现在医科没有学好，兴趣也没有发展起来，她问我是不是应该调换专业。

我和她聊了一些，后来，我发现，她的问题并不在于对医学没有兴趣，而在于懒癌发作并习惯性地给自己找理由。因为她根本就没有利用业余的时间去学习美术设计，相比较这些，她更喜欢睡觉玩闹。我告诉她，当你所谓的“兴趣”也拯救不了你的懒癌时，只能说明，这个“兴趣”是自欺欺人，你要换的不是专业，而是**找到一个真正的兴趣，并且依靠兴趣，提高自控的能力。**

◆ 3. 压力是促进成长的最佳动力

今年，我收到最多的劝诫是：停止上班，或者停止写作。亲人和朋友都认为，兼顾工作与兴趣是一件太艰辛的事情。这个想法在我脑海里停留过一段时间，我思虑再三，放弃写作？那是万万不能的，我喜欢写字的过程，享受写字带给自己的愉悦。那么放弃工作？老公的看法是，放弃了工作你就有更多的时间投身写作，而且不会那么累。

真的吗？我用五一的几天假期试了一下，发现闲比忙还要累，而且效率更低。比如平常，我是每天一文，假期时候，我更文为零。因为时间弹性太大，我的拖延症常常出来捣乱，原本一个小时就可以完成的事情，我用了一天甚至更多的时间。**人，是需要压力的，源源不断的压力并不会让人倒下，相反，大部分平凡人最终死于安逸。**

哥伦比亚大学的研究表明，忙碌的人不仅完成任务的效率更高，同时也更容易对抗拖延症。在我们的日常工作中，那些效率最高的人，往往也是最忙碌的人，而那些闲着无所事事的人，则效率非常低下。更可怕的是，这是一个恶性循环的过程，当你变懒，你会越来越懒。身边有一些同事，可以一边翻译文件、一边开电话会议，而且每项都做得最好，别人像她们取经时，她们常说的一句话是：**压力，会让人越来越有能力。**那些终日无力之人，你以为他压力很大，可能恰恰相反。

◆ 4. 别指望放弃工作

常年不工作的人，往往最后也会被工作抛弃。

工作会给一个女人强烈的安全感，这个是任何一个人都比拟不了的，哪怕一个男人指天誓地，都没有每个月准时如大姨妈一样的工资条更让我安心。

工作所带来的安全性像大姨妈一样是生理需求，也像定心丸一样，是心理需求。而自由职业者或是全职太太，缺乏这种安全感。最重要的，工作让你活在人群里，给你不闭塞的信息，让生活变得五光十色。

长期不工作，人会变傻 ×。亦舒《我的前半生》里的子君，养尊处优做了十年的太太，生活闭塞，人也变得痴傻，最终走到离婚的境地。离婚后重新投入职场，才发现自己步步落后于人，与社会脱节得离谱。重新开始事业后，越做越好，眼界宽阔，人也变得俏皮幽默，令儿女、前夫、闺蜜都大呼魅力爆棚。

工作才是一个女人的命脉，是命运之船的大锚，失去工作，人会变成无主孤魂，到哪里都不得安生。

这一年多来，自关注自己的成长开始，见识于人，我发现，一个女人真的要有自我，不能只想着靠某人而求得好生活。要想过有档次的生活，一定要自己努力，只有这样的钱，花起来才是过瘾的。

我们常说安全感，说到底还是因为不具备掌控自己人生的能力。一个女人的患得患失，更多时候，是把自己当成了一颗纽扣，钉在了别人的身上。

当你真正开始成长，你不会去讨论什么安全感，你会关注自己能走到什么地步，创造什么价值。**你会去想自己会成为谁，而不是去赌自己会遇见谁。**

优秀不够，要无可替代

“船”说：

在价值取胜的时代，要做一个斜杠青年。不要去想你乘的什么船，而要去想你怎么才能不翻船。

去年，在公司负责了几个培训 case，从规划方案到执行改善都是自己亲力亲为。几个月后，case 结束，效果非常不错，获得了公司上下一致好评。接着就到了年底绩效考核，汇报工作的时候，看到大老板们频频点头，我断定自己今年的奖金必然是 NO.1。

半个月后，考评出来，拔得头筹的不是我，而是负责培训影片剪辑制作的男同事小 A。他的表现一直平平，今年甚至出现了两次重大失误。

怎么会这样呢？我为这件事情郁闷了很多天，一度以为自己得罪了某个老板，有同事说："是不是小 A 送了大礼啊？"

几天后，绩效面谈，老板一眼看出我的不满，问道："你是不是在想为什么你那么拼，结果还不如小 A？"没错，这的确是我的困惑。

老板笑了笑，说：

"小林啊，优秀是不够的，关键要无可替代。你负责的培训工作，部门中不少人都可以随时顶上，最多就是培训效果有点差异，但出不了大差错。可小 A 负责的影视剪辑，目前公司用得顺手的就他一人，从企业的角度考虑，他是无可替代的。"

所以为了无可替代的"成绩平平"完全可以牺牲被替代的"优秀"？

虽然我很不甘心，但事实的确如此。很多时候，某个领域的佼佼者，远远比不上某个领域的开创者。一群人的赛跑，哪怕你跑在前面，也没有金鸡独立来得显眼。

世界从来不缺优秀的人，缺的恰恰是无可替代的人。

几年以前，《失恋 33 天》这种小众电影在大片轮番轰炸的市场里并不被业界看好，然而这部影片最终冲出大片恶战的重围，成为当年票房、口碑双料大赢家。当然，一部电影的成功原因是非常多的，包括档期、演员、情感共鸣，等等。

但很大一部分原因是这部电影规避了和大片竞争的风险，独辟蹊径，才能走得如此顺畅。

职场亦如是，你要学会规避掉潜在的敌人。如果在人山人海中走得疲惫不堪，不如换一条路走走。

去年，我弟大学毕业，主修硬件开发。毕业后，一度面临失业的困境，这年头，最不缺的就是普通大学生，学硬件开发的人也如过江之鲫。家里找了一些关系，才勉强让他进了个还不错的企业，薪水非常普通，担任部门经理的远房舅舅说：

“没办法，现状就是这样，他们这种水平的大学生，多一个不多，缺一个无所谓。想要好待遇，那得过五关斩六将啊。”

爸妈也很惆怅，安慰我弟慢慢熬吧。后来我弟上网查了很多资料，发现懂软件开发和硬件开发的人都不少，但两者都懂的却不多。他立马报了一个软件培训课程，学习软件开发，刻苦程度不亚于高考时期。一年以后，软件课程培训结束，他从原来的企业离职，进入了一个很有名气的软件公司，薪水翻了几番。

我有一个朋友也有过相同的经历。他本身的专业是汽车工程，毕业后，他发现很多汽车公司不缺懂汽车的，却非常需要既懂汽车，又懂一门外语的。他立马边工作边学习，报了一个德语班，两年以后，他从合资企业，跳槽到了外企在中国的办事处，年薪是从前的两倍。他习惯于思考总结，他常对我说：他起步已经太晚了，他大学时眼界开阔的同学，早在大一开始，就修了汽车以外的相关专业，一毕业都是年薪几十万。

跨界，让这些人一开始就规避掉了很多竞争，他们不用和其他人一样去争着走一条拥挤的大路，而是走一条少有人走的捷径。

而我们却因为装备不足，走不了这条捷径。他最常说的一句话是：“优秀不够，你后面优秀的人多着呢。你必须在优秀的同时，有一些同场竞争者无法替代的能力。”

后来，我把他们的这些感受代入到文章一开始我的境遇中。然后，我问自己，如果我是企业的老板，面对优秀的“我”和暂时“无可替代”的小 A，我会选择什么。我发现，答案很简单。

我只能选择小 A，因为除了他，别无选择。而那个优秀努力的姑娘，失去了虽然遗憾，但不会造成无法弥补的损失，因为她的后面站了无数备胎，还有千斤顶。

当然，如果小 A 的能力一直普通下去，那么我相信企业会寻找更出色的人，逐渐取代他的位置。

成人的世界是很现实的，企业在乎的无非是价值。

如果你想要从企业拿到足够多的价值，毫无疑问，你必须创造等量甚至更高的价值。

开始写字的这些年，说实话每天都是诚惶诚恐的。别的不说，就是看看市场上眼花缭绕的图书，都会备受打击。作者太多了，你凭什么会被大家记住？

我的策划人和我说过一句话："对于一个图书公司来说，我们从来不缺作者，像你这样的，真是一抓一大把。"

这句话曾经非常打击我，但后来，我不得不承认，她说的简直是真理。你以为自己很优秀，但是一回头发现长江后浪推前浪，优秀的人很多，关键是你能不能做到无可替代。

通常来说，方法有三种。

你可以选择在竞争者多多的道上一条路走到黑，不管周遭环境如何变化，都能沉淀提升自己，最终成为某个领域的领头羊，无人可出其右。

但，我相信这条路一定不好走，需要天赋，更需要毅力，而且越过的障碍也要更多。

别误会，我不是让大家放弃努力，而是你的努力可以换个方向。人生是一条前途未知的路，有时此路不通，越过去自然好，越不过去换个方向，未尝不可。

你完全可以依靠附加值增加你的综合实力，没必要死磕到底，比如跨界，前提是两个领域有一定的关联性，如此才会事半功倍。

当然，你也可以不用依靠附加值，而是在现有的领域走出新的路子，只要你的 idea 足够 great！

记住，优秀不够，要无可替代。价值取胜的时代，你应该做个斜杠青年。

智商是比情商更重要的事情

“船”说：

世界很大，人人都在相互比较，世界很小，人人最后都变得滚来滚去。但，真正有智商的人，是需要学会直立行走。

《欢乐颂》的现实，真是触目惊心，挫骨穿肠。

它用安迪告诉我，会不会说好话，给人好脸色看，都是扯淡，只要你智商超群，实力牛，随时随地，都有人排队抱你的大腿。

它用曲筱绡打我的脸，别小瞧那些吊儿郎当的富二代，他们不仅有资本，甚至比你努力得多。

刘涛出道很多年，目前为止，安迪是我最喜欢的角色。不仅仅是因为漂亮聪明，而是因为强大的同时，竟然有着小女孩的天真，太 TM 难得了。

◆ 1

剧中， 安迪是一个大腿一样的存在。22 楼的五个女孩，大部分人，都想和她攀上关系。关雎尔把她当偶像，樊胜美对她是羡慕嫉妒，时不时蹭脸面。曲筱绡就更别提了，知道了安迪的背景和价值后，大腿抱的是最欢乐的。也就傻乎乎的邱莹莹能毫无顾忌地和她吵架。所以啊，这是邱莹莹的可爱之处，她对人凭喜好，不看价值。

剧外，安迪依然是大腿般的存在。不知道有多少姑娘，希望变成安迪那样的人，或者嫁给安迪也是可以的啊。买房子一句话的事情，车子是名车，衣服不是阿玛尼，就是香奈儿，每天出门的行当，是别人一辈子的资本。

羡慕吗？当然羡慕。羡慕到可以忽略她过去的不幸。没关系啊，童年再苦逼，可以用现在的 money 啪啪打别人的脸啊。

可安迪要真是这样一个打脸的人，很多人也未必喜欢了。

她的可贵之处在于，她不认为自己了不起，而是认为自己不合群。不同于曲筱绡的一人千面，把人划分为三六九等，用不同姿态，不同手段应付不同的人。安迪是一视同仁的。既没有瞧不起 2202 的三个姑娘，也不攀附比自己更厉害的人。她的价值观相当简单，做好自己的事情，不懂就问，不会就学，尽善尽美就好。

她觉得樊胜美在人情世故方面比她强，就诚诚恳恳地求教，觉得曲筱绡一点就透，她毫不吝啬指点一二，关雎尔和她一起跑步，她也没拒绝，邱莹莹学咖啡知识，她就送给她咖啡。这是安迪让人觉得温暖的地方，她看起来高冷，但丝毫不刻薄，更不捧高踩低。

◆ 2

听安迪讲职场经，非常受用。和樊胜美不一样，安迪教你的是做事情。曲筱绡说过一句话：做生意其实就是做人和做事，我喜欢樊胜美，但是我得承认，她做人成功，做事情，却不尽如人意。

企业的核心是利润，职场的核心是工作，做人做得再高明，也只能保你不被排挤。但凡在职场风生水起之人，在工作上必有自己的核心价值。**记着啊，再好的马屁也没有钱香，对职场而言，最有价值的讨好是增值。**

樊胜美在工作中追求的是不求有功，但求无过，安迪看中的恰恰是一个人的功劳，至于过，完全可以用功来抵。这就是安迪认为樊胜美虽然深谙人情世故，却是老油子的根本所在。樊胜美有她的好，关于她的，以前写了《高情商的女人永无困境》，不再多说。

安迪是一个深明界限的人。初次和奇点见面，她问了一个非常不礼貌的问题，关于奇点是不是单身。奇点停顿了片刻，她随即就道歉，说自己很直接很没礼貌，但在私人交往方面，她需要根据这个把握分寸。

关雎尔打算干涉邱莹莹和白渣男合租的时候，征求过安迪的意见，安迪建议她不要管，关雎尔问，你也怕我得罪人吗？她的回答是，那是小邱自己的事情，别人无权干涉。包括曲筱绡整白渣男，她也认为曲筱绡过分了点。对的，安迪就是一个恰如其分的人。**她不会看人下菜碟，但她清楚人与人之间的界限，不会踩过界，她与人交往不是判断这个人的利用价值，而是判断这个人的亲疏远近。**

◆ 3

安迪的智商体现在逻辑思维超强，她最常说到的一个词就是逻辑。关雎尔的林师兄第一次来2202，就碰到了房子漏水、别人找碴的情况。邱莹莹吓得躲在房子里，最后林师兄出面交涉。安迪透过监控器看他的言谈举止，评价是，不错，逻辑思维很强。

邱莹莹读《洗脑成功学》，她拿起书翻了两眼，随便挑了其中一个故事，告诉邱莹莹这书有毒，因为毫无逻辑。

和樊胜美讨论曲筱绡勾搭白渣男的做法时，对樊胜美的理论，她的评价是，嗯，这个逻辑我可以接受。

第一次帮曲筱绡的时候，她看完所有资料，凭借强大的知识储备和多年职场经验，总结出了一套很有逻辑性的可操作口头报告，让关雎尔感慨，听她讲一席话，胜过上半年班。

这是安迪的一个特点，她判断事情，并不听从别人的评价，而是理顺前因后果，用靠谱的逻辑学来做选择。这样的人，不会人云亦云，随波逐流。因为她头脑清醒，有着非常独立的思考，所以，你看，她怎么可能是脑残电视剧里的傻白甜，这么屌炸天，只能做个女王攻了，涛姐，纳了小女子呗。

◆ 4

当然，再强大的逻辑思维碰上爱情这种毫无逻辑可言的神奇物种，也就无用武之地了。安迪的天真在爱情面前表现得淋漓尽致，工作以外，她根本就不知道如何和男人相处啊。

做起事情来雷厉风行的她，在见网友的问题上，竟然纠结了那么久，而且完全不懂对方的心理，所以樊胜美那么轻易地就猜到她的恋爱史，当然是零啊。第一次见奇点，她说："我以为混那种网站的都是年轻的男孩子。"安迪女王，奇点脸上大写的尴尬啊。和樊胜美同乘保时捷，一路上被大灯晃，樊胜美说："要是没有今天晚上这几只野猫，老娘都快不知道还有荷尔蒙这种东西了。”安迪天真地反问：“猫？哪有猫？”涛姐卖起萌来，心酥了一地啊。

说实话，安迪这个角色多少还是有点酥的，神化到自带光芒万丈。但仍然不妨碍我喜欢她。高智商的人总是讨人喜欢的，因为她随时可以带你飞，但最最重要的是，安迪并不世故，甚至不圆滑，她非常有棱角，有种特立独行的帅气，**她用自己的智慧去挣人生一寸一寸的欢喜，而不是利用任何一个谁。**

世界把人磨得越来越圆，最后大家都在地球上滚来滚去，而安迪，始终坚持直立行走，靠地心引力脚踏实地。

你不快乐，还不是因为想要的太多

“船”说：

有时候你的翻船和任何人无关，只是因为你想要的太多，船太沉，便不能轻快前行。比起去争，你要先学会不争。

晚上吃饭的时候，看了几眼李湘的综艺节目。她和王岳伦远赴老挝，在一个学校给一群小学生上课，然后给那些学生做一顿午餐。

一天的行程结束后，他们送一个男孩子回家。临别时，李湘送给了那个孩子一个足球，真的是非常普通的礼物，但那个男孩子以及他的家人都很开心。

李湘说：“真的是很普通的一个礼物，但他很知足，很开心，其实，我很羡慕这种人。”

李湘羡慕的是那个孩子轻易得到快乐的能力。

去年，带了一批大学实习生，在为期半年的人才培养计划中，我们安排了一些公益活动。印象比较深刻的，是在6月份去了孤儿院。

将近一天的时间里，这些大学生陪孩子们玩闹，给孩子们表演才艺，在孤儿院的厨房里，用笨拙的厨艺，给孩子们做菜。大家一起玩游戏，通过游戏环节送给这些孩子一人一个礼物，很小的一件东西，无非是玩偶或小汽车之类的，然而每个孩子都兴奋极了。

那些年轻的大学生们也很高兴，回去的路上，一个个有说有笑。

对他们来说，快乐是一件特别容易的事情，就像今天，他们帮助了那些孩子，觉得很有意义，所以脸上挂着满足的笑容。

在不到二十岁的时候，我也是一个特别容易快乐的人。生日时收到一件简陋的礼物，觉得满足，吃一些很喜欢的食物，亦觉得满足。明明天地都很大，对于一个少女来说，却小到只有自己和身边那些美好的事物。

十几岁的时候，觉得金钱是最珍贵的，快乐是最廉价的。快乐多么简单啊，嘴角扯起一个弧度，完美！

成年以后，回味当初的想法，会觉得幼稚，也会忍不住像李湘一样感叹一句：真是羡慕那样的自己啊。

想要的特别简单，快乐也特别简单。

高中几个同学在群里聊天，都说很怀念上学时候，一起喝过的奶茶，吃过的炒鸡，还有一家外卖的红烧肉。

那些年，我们轮流跷一节课，爬过学校低而短的围墙，把美味打包回学校。躲在学校的小花园，就着石桌子，枕着小清风，吃得畅快淋漓。

过年的时候，很巧，几个小伙伴竟然凑齐了。我们于是约好，再走一遍曾经的路，吃一遍那年的青春。

学校还是学校，一点都没变。小美说："当时明明觉得学校大到可以飞的，怎么现在小成这样，还有教室，真的好破啊。"

卖炒鸡和红烧肉的店主，多了几缕白发，样子老了一些。我们都说，真好真好，这家店还在。然而，肉入口的那一瞬，大家都停顿了一下。吃完饭出来，几个同学说："哎呀，这味道大不如从前了啊，吃起来很普通，环境也不太好。"

一个十六七岁的男孩子挽着一个女孩子的手从店里走出来，女孩子很雀跃，仰着脸对她的小男友说："这家店的炒鸡真好吃，我姐以前在一中上学的时候，就总和我提起这个，果然没让我失望。"

我们同学几个都愣了一下。可惜啊，她的姐姐也许已经不再为这味道而快乐。

其实，我们都清楚，什么都没变，心变了而已，变得不再那么简单、知足。在外头讨生活，人的心肠会一日硬似一日，我们没勇气承认心硬了，那么就当人是物非吧。

身边有一个女同事，特别快乐。和我们一样做着琐碎的工作，忙起来的时候加班没个点，做错事情也会被老板骂得狗血淋头，别人哭着出来或是两眼一翻，满腔怨气。只有她，风来雨去，头上都顶着个太阳，没有抱怨，也不责怪，默默做事情。

我问她："你每天哪来那么多开心的事情？"

她反问我一句："你每天哪来那么多郁闷的事情？"

我一想，太多了。

想开跑车，没钱，烦啊。

想住别墅，没钱，烦啊。

想周游全世界，没钱，烦啊。

想和别人谈谈爱情，放眼一看，全都在和我聊男女，烦啊。

……

她双手一摊，很无奈地说："怎么办，你说的这些我也都没有，甚至绝大部分人都没有。难道这样就不配快乐了吗？你烦，还不是因为你想要的太多。"

我想起孤儿院里那些孩子，他们要比绝大部分人更不幸，但因为想要的不多，所以给快乐留足了位置。

我们恰恰相反，我们得到的并不算少，但因为想要的太多，压根儿就没有什么空间留给快乐。

我妈以前常说一句话：有钱人也有有钱人的苦恼。

我总是反驳她：但普通人的苦恼就是在有钱人的苦恼上再加一条没钱的苦恼。就像孕妇生孩子再被蚊子咬一下。

我妈那时候也说我，你想要的太多了。

人心就这么大，如果已经装了太多的算计、比较、猜疑、嫉妒……基本已经被填满。想要快乐来得容易点，要适当降低自己的欲望。

这是一件说起来容易，做起来相当有难度的事情。

年纪小的时候，父母在生存，你在生活。长大后，失去庇护，你要自己生存于世界。

生存对人，如双手对陶泥，塑成什么就是什么，越残酷的生活就是越完美的陶艺师。

满街都是些赚几千块钱的男女，青春浪费在老板的脸色、打字声与一日三餐中，为生存受点委屈是很应该的，全世界都一样，并无可抱怨之处。

做平凡人也有平凡人的安全感，不用急于应对环境，不用费心揣测人意，仍可以在不安的世界里，偏安一隅。

你有多大劲儿，就使多大力。

杨绛说：你的问题在于读书不多而想得太多。

最怕，你想要的太多，但能得到的就那么一点。

给人生做减法

“船”说：

给人生做减法，才有一切完美的可能。给小船做减法，才能减少不翻船的机会。

我犯着一个天下女人都爱犯的错误。

囤货。

周末，如果没去别的地方，就一定是在商场，逛逛逛，买买买，然后一周之后，悔悔悔。

最近一段时间我胖了十斤，怎么穿衣服都穿不出还是一枚瘦子时的感觉。于是弃战衣，备战鞋。

各式各样的鞋，被我从整整齐齐的商场橱柜，搬到乱糟糟的自家壁橱。红的、白的、黑的，高跟的、细跟的、平底的。

兴奋于眼花缭乱。

溃败于一筹莫展。

我永远不知道第二天上班应该穿上哪双鞋兴风作浪去，每一双看起来都还可以，也只是还可以。

好吧，那随随便便，马马虎虎穿上一双吧。

我跳着脚在家里狂怒：我一双鞋都没有。

女人是多么不可理喻的动物。

我妈目瞪口呆指着一柜子的鞋，就差骂我一句：你眼瞎了吗？

我比她委屈，因为我真的找不到一双怦然心动的鞋。

看似琳琅满目，实则一无所有。

谁说女人的衣柜里，永远都差一件风衣？

其实还差一条牛仔裤，差一件白衬衫，差一条小红裙。

买得再多，也弥补不了那种莫名的躁动与不安。

没错，你掌控不了你的衣柜。

太多、太杂、太没有章法、太没有规矩，当然也就不容易掌控。

怎么破？

答案，想来想去，还就一个字：扔。

对此某人嗤之以鼻：就你？一瓶老干妈都能放在冰箱里，细细品味，三日不绝！

But，老干妈是我喜欢的，而且，它是经典百搭的，配馒头、配米饭、配面条、配饺子，都没！有！压！力！

所以，掌控衣柜，从扔掉不喜欢又不实用的物品开始。

PS：如何鉴定喜欢与否。

很简单，买回来一个月之后，拿在手里，如果怦然心动，是为喜欢。如果可有可无，基本可以扔掉。

PS：如何鉴定实用与否。

我不是时尚达人。不过如果一件单品可以像老干妈一样，放在哪里都合适，大概就是实用的。

比如，少女大幂幂，就是靠着两件单品，短裙与T恤美了整整一年。

一定会有人和我说扔掉的都是钱啊，不，其实是因为花掉的没价值。相信我。

品牌是其次，品质是王道。价格不重要，价值很重要。

永远不要因为一堆买回来只穿一次的廉价品，而毁掉一个衣柜的价值。你每年扔掉的淘宝品绝对超过你想要的大牌价格。

现在，扔掉无用的东西，和美好在一起。你会神奇地发现，掌控衣柜也没那么难。

你一定拥有很多款APP。

你可能关注上百个公众号。

你的手机里有很多联系人。

有好几个莫名其妙的群。

然而，

每款 APP 究竟有哪些实用的功能，你不知道；

公众号推送的信息，你未览即删；

有些联系人，你想不起到底是谁；

群里聊天信息嘀嘀嘀嘀，你潜水到底。

人说来往来往，他们来了，你却不往。

直到有一天，你玩游戏，玩着玩着卡掉了大 BOSS，才发现，那些无用的软件和信息，占据了你大半的空间，让你无法自由掌控你的手机。

等什么？早该清理了。

但说起来很简单，行动总是有障碍。

会有不舍。曾经我很喜欢保留一些过去的东西。比如聊天记录，比如一张车票，比如我三年都想不起来翻的书籍。我总在想，万一呢？万一哪天我想起这个人，却丢失了他的号码；万一，这款游戏我又想玩了，却忘记了叫什么名字；万一某个公众号突然发了很实用的东西，我却看不到。

然而，你和一个人的联系，若紧密，必和电话号码无关。

背负太多，便无法潇洒前行。我们的能量如此有限，太庞大的生活，我们掌控不了，不如做做减法，留下最重要的，删掉最无用的。

前几天，郑州的PM 2.5一路飙升，霾气沉沉，和焦虑的状态一模一样。

在朋友圈里写了一句话：

“是不是我太‘作’？所以时间总是不够用。游泳没时间，读书没时间，写作没时间。总之就是没时间。”

回帖数量竟然创了纪录。

有同感的：“我也一样，做什么都没时间。”

有文艺的：“时间都去哪儿了？”

有会反省的：“把别人学习的时间用在了睡觉上。”

还有耍流氓的：“做爱做的事情。”

……

最鞭辟入里的，只有一个字：作。

确实“作”。

说好了要读书，拿起来读了两页，看到喜欢的电视剧，心早被别人的悲喜荒凉卷走。最终别人的故事看倦了，自己的时间过去了，又该休息了。

说好了要游泳，跳进泳池游了几个来回，便觉得肚子饿。心想，吃完再游也不迟，然而撮完了饭，却失去了跳进泳池的兴趣了。

说好了写字，没写几句，觉得灵感不好，心想，刷会儿“知乎”吧，一刷刷掉了大把光阴。

挫败感顿时袭来。

时间亦不在掌控之中。

然，情理之中。既烦琐至此，当顾此失彼。

化繁为简，是一切得以明了的契机。

只能学会丢掉。

万般头痛。

然而，只待静下来，便会知道：哪些事情毫无意义，哪些是非做不可。

享一时之乐，误终日光阴，毫无意义。

耐片时之苦，得长久欢喜，非做不可。

你一早即知，无非是不承认，不面对。

可，成长是从舍弃开始。

丢掉无意义的，和价值在一起，你才能掌控成长的质量。

我认识的人中，过得很好的，往往不是智商高，而是情商高。他们有个共同点，能把乱七八糟的人际关系码得规规整整。

婆婆媳妇小姑岳父岳母老婆老公姑姑阿姨，一个一个都放在各自的位置里。

各司其职。

小周是我很喜欢的一个姑娘。身材窈窕，肤白貌美，经常被壁咚，时而被表白。在这些尴尬的瞬间，她心动有过，无感有过，厌烦有过。不少女孩子在青春期，都喜欢被追捧，被人仰望的感觉总能巧妙地满足某种蠢蠢欲动的虚荣。

然而，你得承认也是疲惫的，对待喜欢的张三要欲语还休，对待无感的李四要若即若离，对待讨厌的王五要趋之若鹜又要小心翼翼。

敷衍和暧昧，摧毁恋爱时光。感情变得身不由己。

唯小周是个例外，她潇洒聪慧，一招搞定男神。

诸多人前来讨教。

她一语道破天机：拒绝和肯定。

对无感的人拒绝，对喜欢的人肯定。除此之外，其他一切皆徒劳。

不要学别人玩暧昧，除了丢掉时间与精力，你什么都得不到。

拒绝不喜欢的，和真爱在一起。

不要自私地以怕伤害别人为理由，而做着伤害别人的事情。也许，他早就在等着你的拒绝，而你的敷衍，只不过徒增了无聊的周旋。

人都是一个圆点，找到真爱的那个点，两点之间，直线最短。

友情，亦如是。我们无须识遍天下陌路人，只要三五知己，此生不换，足矣。

掌控人生，从做减法开始，如背包，越轻，越路远。

品味人生，从做加法开始，如酒酿，越久，越沉淀。

看似矛盾，实则泾渭分明。

用知乎刘晓敏的一句话，给人生醍个醐灌个顶：数量做减法，质量做加法，和自己拥有的东西建立联系，从而更好掌控自己的生活，让自己的每一天，都跟一些美好的东西在一起。

职场不翻船，先要不烦人

“船”说：

讨好，并不是决胜职场的关键，很多时候你送礼无数，不如你令人无忧。职场小船说翻就翻，也许是因为你真的太烦人。

部门新来了两个员工，一男一女。在我们老板“看脸”的面试条件下，一路过关斩将，走到最后的，颜值都不差。这样的新人，其实很讨喜，毕竟这是一个看脸的时代。

同年出生，同年毕业，同一星座的S女和H男，在有了各自的职位归属后，分别展开了不同形式的人际关系大轰炸。要不，怎么说，现在的“90后”厉害呢，初初踏入职场，便深谙职场潜规则——得和前辈搞好关系。

碰巧的是，这两个人刚好都被安排在了我所在的小组。

第一天带领他们熟悉岗位与同事的时候，S 女边自我介绍，边熟络地和每个人聊天。

“哎呀，王姐，你要不说，真看不出来你有三十岁，皮肤保养得真心好，哪像孩儿妈啊，你出去，别人的小孩都管你叫姐吧？”

“刘哥，下次去玩别找驴友了，找我，我以前可是专业导游，保证让你用最少的钱玩最好的地方。”

瞧瞧，这马屁拍的，关键老王和老刘，还挺受用，一个个乐得脸上皱纹都开了不少。

不光如此，这小姑娘还在第二天，带了一堆小礼品，上至领导，下至打理茶水间的阿姨，不偏不倚，人手一份。

“林姐，这两天多亏你照顾我，这个手链是专门给你买的。以后有不懂的，还是需要你多费心了。”

我连连摆手。“别，别，别，刚才的小礼品我可以收，但是这个，我不能收。”她也不坚持，笑着收回，可是，没过两天，便在我的生日时，转手又送给了我。

看过电视剧《虎妈猫爸》吗？S 女给我的第一印象，像极了那个和赵薇斗智斗勇的职场新人黄俐。那个生日我压根儿就没打算过，她能知道，说明是用了心，刻意打听的。

我心想，这小姑娘太厉害了。有颜值，懂人心，脾气好，没什么攻击性，很快，S 女便在部门里混得如鱼得水了。

H 男呢，相对逊色多了，话没那么多，马屁也拍得不响，默默无闻地做着自己的工作，闲余时间，不是在读书，就是在做笔记，很少与人交流，最多也不过就是在部门微信群中闲聊几句，但只要有用得着他帮忙的，他都很热心。

一个月后，部门领导开会，问起两个新人的表现，十个人中有九个人都夸 S 女，而提起 H 男，大家都面面相觑，表示毫无印象。

如此看来，这两人中，将来顺风顺水的定是 S 女无疑。然而，结果出乎意料。三个月后，情形大变，说起 S 女，连一向很沉默，从不八卦的 Miss 唐，都忍不住气急败坏。

“唉，原以为是个职场白骨精，谁料到是个千年不遇的奇葩。”

在职场欧巴桑的七嘴八舌下，我听到了另一个版本的 S 女。

王姐负责教导 S 女处理部门日常事务，如通知开会、拟发邮件，很简单的事情，通常王姐带新人一遍可以搞定，笨一点的两遍，可是S女学了N遍，依然错误频发，王姐无奈，说实在不行，你就记在本子上，S女当时乖乖地听话，随后将本子随手一扔。下一次发邮件，你依然能听到她用甜腻的声音，满办公室地边跑边喊：“王姐，你最好了，再教我一次好不好？”时间久了，搞得王姐不胜其烦，一看她要来，立马假模假样打电话。

部门要出新的广告策划案，考虑今年有新人，负责资料管理的Miss唐，在群共享里上传了往年资料，通知S女和H男，及时下载。S女回复一个“萌萌哒”表情，资料下载后，随便往电脑里一放，看都懒得看一眼。参与策划案的时候，所有数据案例一概不知，对着Miss唐狂讨好，求她帮忙把往年的数据填写打印好。

办公室换新电脑，大家各自忙着整理东西，她把所有东西往那儿一放，再也没动静了。因为完全不知道那些长长短短的线是做什么用的，看到别人麻利地装好电脑，她大眼一翻，无辜地说道：“林姐，你好厉害啊，电脑都会自己装。”

我心里顿时觉得，唉……此处省略一万字。

最后，实在忍受不了她的各种脑残问题，我只能帮她把电脑也安装好。

新人PPT汇报时，S女两手一摊，大脑一片空白。满腹委屈地问我：“林姐，我PPT还不怎么会弄，怎么办？”

我告诉她新人报告要求不会很严格，先下载个合适的模板，把内容填充进去，以后多学着点，慢慢就会了。谁知她直接把内容和模板打包发给男友，远程遥控男友帮她完成PPT。

“为什么你不自己做？”

“我男朋友是学电脑操作的，这个做得非常好，他一会儿就能搞定。”

“那你也不能一直麻烦他，工作上的事情，你自己还是要会的。”

“这怎么能说是麻烦呢，他是我男朋友，帮我忙理所应当啊。”

好吧，我闭嘴，此处依然省略一万字。

慢慢地，我发现，但凡遇到问题，S女从不主动思考，总是第一时间，先讨好别人，然后拜托人家帮忙。“王姐，你帮帮我嘛。”“刘哥，你帮我发个邮件呗。”更奇葩的是，本来非常简单的事情，一经她手，都变得极其复杂。以至于后来，但凡她工作，听不到她喊别人的名字，我们都觉得见鬼了。

再后来，和她越来越熟，聊得越来越多。我得承认我一开始就看错了人，S女完全不是黄俐那种心机深沉，衡量利弊的职场蛇蝎女。她的确会讨好别人，但那讨好段位极低。她已经形成一种意识，当她放下身段讨好别人，自然就会收获好人缘。她更习惯了依赖，总以为遇见问题讨好一下别人，就能顺势解决，却不知道那些看似无关紧要的依赖，已然打扰到了别人，磨光了费尽心思讨来的好感。

友谊的小船说翻就翻，也就罢了。

这个要命的习惯还被她带到了爱情中。

她和男友吵架，哭着问她男友大学时的舍友们，该怎么办。没人搭理她，她便驱车前往男友的家里，找人父母帮忙。可怜什么都不知道的老两口，被她弄得莫名其妙，以为自己儿子犯了多大的错。当然，这样的事情，不止一次，以至于后来只要她和男友一吵架，双方父母必然都被牵涉进来，闹得惊天动地。

没过多久，部门里有些同事已经开始躲着她，不躲着的，对她也没什么好脸色。她自己也察觉出来，在朋友圈里发表心情说是很难过，但熬过去，一定会好的。我特别想回复，如果意识不到自己的这点毛病，熬过去，也好不了。然而想想，又忍住了。

严格意义上来说，S 女，人不错。心眼好，人是真的单纯，不是装的，脾气也温和，加班熬夜帮忙处理一些杂事的时候，始终笑呵呵的，没有一点怨言。如果没有工作上的过多接触，你会觉得她是个萌妹子。

然而，有些人是“照顾”体质，而有些人，天生是“打扰”体质。很不幸，S 女属于后者。

前几天，S 女失恋了。跑来找我：“林姐，你说，我该怎么办？”

“为什么分手？”

“我男朋友说，和我在一起太累了。我觉得他骗我，肯定是他爸妈不同意，他爸妈一直不喜欢我。”

我说，他没骗你。和你在一起，是会蛮累的。你不觉得你很容易将生活搅得乱七八糟吗？

“可是，我对他很好啊！”

“可是，你也总给他添麻烦啊。讨好一个人很重要，然而，和麻烦比起来，他宁可不要那可有可无的讨好。”

姑娘，你要学着不过度打扰别人的人生。久病床前，尚无孝子，何况男女之间，同事之间？那些拥有好人缘、好生活、好工作的，哪一个不是独立能力超强？

年终照例有优秀新人评选，几大部门联合投票，十几个新人齐刷刷站成一排，分别展示自己实习期的工作成果。一向不显山露水的H男，大获全胜，斩获最佳新员工。

对于他，大家依然谈不上多了解，他获选的理由是，低调勤恳，能独立处理好自己的事情，必要之时予人帮助。

比如，他PPT能力超强，完美地完成了Miss唐交给他的报告，并因此让Miss唐赢得老板的赞赏；比如，他英语进步极快，王姐被客户一封英文邮件折磨得半死，H男恰好从旁边路过，王姐不过随口一问，他却认真地翻译出了邮件所有内容，让王姐甚为感激。

当然，他依然不善于讨好，既不刻意称赞，也不曲意逢迎。

另一部门的“90后”姑娘小赵非常倾慕H男，好吃的、好喝的、好玩的，一堆一堆往他那里送。我和她开玩笑，你看上他哪儿了？

她狡黠地一笑：“他从不给别人添麻烦，这点挺好。一个男人能不给他的女人添麻烦，这是多强悍的责任心。”

貌似，还真是这么回事，在如今这个人人为己的社会里，不给人添麻烦，便是对人负责任。

也许是失恋的打击，或者是工作的失意，现在的H女，慢慢开始有了改变。希望有一天，她能明白：最有价值的讨好，是不打扰。别让你的打扰，弄翻自己和别人的小船。

我喜欢这个现实的世界

“船”说：

“世界”是现实的，当你傻 × 的时候，小船说翻就翻；当你牛 × 的时候，小船升华成巨轮。我接受并喜欢这种现实，因为它逼迫我一直向前走。

最近一次在发小儿圈里聊天，一个嫁给外地富商的姑娘说：“话说我们好多年没见了，要不今年开个同学会？”

我的表哥兼小学同学发了个“大哭”的表情，不无伤感地说道：“还是算了吧，你们都是有钱人，同学会这种东西，简直是世界上最恶心的设定。”

看来被伤过。可是没被同学会伤过的只怕也不多。

大概两年前吧。高中的班委也曾组织过一次相当有规模的同学会。那天碰巧我有特别重要的事情，所以没去成。心里不是不遗憾的，毕竟很多好友天南地北，能见到的机会也不多。

晚上十点钟，同在一个城市工作的高中同学莎莎，给我来了一通电话。

“萝莉，还好你没来，简直是自取其辱啊。”

一星期前，她还抱着极大的期待，说是要和“那些年回不去时光里”的老同学叙叙旧。那时候，电影《致我们终将逝去的青春》刚上映没多久，看完电影的她在QQ里，对着我怅惘又甜蜜地缅怀了自己的高中时代后，义无反顾地奔赴那个她向往的盛筵。

“那是青春的盛筵啊，永不散场。萝莉，你不去，真是太可惜了。”

莎莎是我土得掉渣的高中时代里，最洋气漂亮的女孩。那时候，身为班花的她，身后一群追求者，前呼后拥，光芒四射。

而今，当美貌已婚的她，穿着曳地长裙，站在人群之中，他们只是礼貌地和她碰碰杯，转身去与另一姑娘谈笑风生。

当年最受欢迎的公主莎莎，被几年的光阴照一照，褪色如发黄的纸。而当年相貌平平，无人问津的丑小鸭阿颖，摇身一变，成了觥筹交错里的大明星。

因为年仅二十五岁的阿颖，已经成了市教育局里的骨干，她未来的公公，更是在教育局里身居高位。不光一些准爸爸准妈妈，甚至班里最有钱的富二代都围着她转，直截了当地表示，将来孩子上学，请她帮忙走动走动关系。那熟稔的黏糊劲儿，好像很久以前，他们已经是熟得不得了的朋友。

而，莎莎呢？不过是一家小公司的普通职员。所以，友情的小船说翻就翻。

莎莎很悲怆地说："这个世界，真是赤裸裸的现实啊。从前这帮人，求着给我送礼物，现在巴不得从来没认识过我。"

当然，这个世界从来就很现实。谁能否定呢？

五年前吧，我还在读大学，除了日常的学习之外，我常常写点文章投给杂志社。很多时候，会被拒绝。班里不少同学嘲笑我，一个学日语的，去混文学圈，真是不自量力。

后来，毕业之前，我在网上发表的一篇文章，被很多人转载。北京的一家出版社看到这篇文章，通过微博联系到了我。他们的一个主编觉得我文笔不错，想让我写本书。

由是，我出版了自己的第一本著作。接着，是第二本。很快，这件事在学校里传开了。曾经非常不喜欢我的一位老师，对外宣称我是她的得力学生，貌似，她忘了，不久之前，她还在班里痛批我不务正业。

我的身边突然多了很多“好同学”，认识的，不认识的。那个当时笑我不自量力的人，转眼之间，又对我说：“早看出你是潜力股了。”真的，那一刻，我觉得他们简直是用灵魂在演戏。

后来我毕业，成为省报的记者，身边始终人群熙攘。约我喝咖啡的，请我吃饭的，络绎不绝。

直到一年前，我所在的省报，宣布停止发行我所负责的某本刊物。因为不想再调换部门，我选择从省报离职。同年，我的出版工作进行得也不怎么顺畅。

那些曾经说要和我“常联络”的小伙伴，纷纷下线了。

是啊，谁会在乎一个失业者的失意呢？友谊的小船说翻就翻。

你看，社会就是这么残酷。世界就是这么现实。

于是，很多人开始抱怨，这太不公平。

可是，真的，不公平吗？

我想说，其实我很喜欢这个现实的世界。

因为它没有让我用童话麻醉自己，裹足不前。而是用近乎残忍的现实，激励我，再接再厉。**道理很简单，你不想被遗弃，就只能很牛X。**

杨幂说，她红了之后，身边莫名其妙多了很多好朋友。

赵丽颖说，她入行初期，喝瓶水，都能被人黑出翔。《花千骨》之后，她已经成为国民“老公”，“后宫”遍天下。

而那个被人叫嚣着滚出娱乐圈的袁姗姗，一再努力之后，被人奉为女神。

所以，这个世界，看起来很现实，其实却很简单。

电视剧，凭质量和收视率说话。比如《琅琊榜》。

电影，凭票房和奖项说话。比如《我的少女时代》。

而人呢，凭价值说话。

我老公很喜欢和我谈论价值。有一次，两个人开玩笑，他取笑我事业很失败。我反驳他，至少我出版过作品，而你没有，这点我就比你强。他笑了笑说，可是你所谓的出书，并没有给你创造什么价值。

他停顿了一下说：好吧，就算你是个作家。可是作为作家，你非常不成功，你的书既没有创造销售奇迹，你的人也没有像韩寒那样出名。

我反问他：难道，衡量一个人，非要看他的价值吗？

他将我一军：那你告诉我，对于并不熟悉的人，你用什么去衡量他？

一时之间，我无言以对。

很久之后，他告诉我：你要知道，**价值的背后，承认的是一个人的努力。努力，难道不是一个人的人品？**

我想起我的一个富二代好朋友。不，准确地说，他现在已经是富一代了。他的父亲经营多家连锁超市，家境相当富足。可是大学毕业后的他，一边在外企上班，一边利用业余时间在网上开发游戏软件。坐公车在写代码，等朋友在写代码，别人看电视，他还在写代码。晚上十二点之前睡觉，那几乎太奢侈。很多人说，拼爹就够了，干吗和自己较劲儿。然而他却始终坚持，现在，靠着这些软件，他已经年入百万，而我的版权收入远逊于他。

这就是努力和不努力的差距。

现实吗？可是，又怪得了谁？

没有人逼着你去偷懒，去享受。同样没人逼着别人对你爱答不理。有时候你自己才是翻船的始作俑者。

别人对你毫不在乎，不过是因为你不够强大，认识到这一点，你就应该好好去努力。而当别人终于注意到你，那便是你的努力有了收获。你看，多公平。

所以，**我喜欢这个现实的世界。它就像一场游戏，规则说得明明白白，愿赌就要服输。它能让你放下所有杂念，放手一搏，没时间没心情去抱怨。**

这样难道不是很好吗？

现实是什么？不过是个连锁效应罢了，努力的结果是价值，价值的结果是信任，信任的结果是机会。

雪中送炭，要有炭可送。锦上添花，要有锦可添。

以自己的方式过一生

“船”说：

妈妈说，你要留在我们身边，你留了，梦想的小船说翻就翻；老板说，年轻人啊，要学会妥协，你听了，梦想的小船说翻就翻。其实，你没有必要活给任何人看，你要以自己的方式过一生。

◆ 1. 我以为的仪式感

以前，写了一篇关于情人节的文章，大致意思是：情人节已经利益化了，总喊买买买真心没意思。有读者在后台给我留言：姑娘，那是一种仪式感，你难道没有仪式感的吗？

有种一击而中的落寞感。我真活得那么糙吗？

我回复他：关于这个问题，我回头写篇仪式感好好和你聊聊。

于是，有了下面这篇文章。

那天之后我迟迟未动笔，我一直在想，仪式感究竟是个什么东西？在这个问题没弄明白之前，我不愿意不负责任地堆砌出一篇文章。没意思。

从小我妈就教我，做任何事情，你必须用心。对，没错，就是用心。

用心地去感知这个世界，就是仪式感。

我用心地写这一篇文章，你用心看我的文字，都是一种仪式感。

而至于，文字隔开的另一端，我是嗑着瓜子坐着小板凳在码字，还是喝着咖啡，在明亮的书房里来书写，身为读者的你，也许不那么介意，你介意的是我的诚心。

同样，文字的那一边，你是在高级写字楼读我的文字，还是坐在马桶上一边深呼吸一边读我的文字，我也不关心。我关心的是这些文字走到你的心里去了吗？

世间万物，因为用心而庄重。当然，你也可以理解为有仪式感。至于用心的方式，用心的状态，也即仪式感的表象，不过是锦上添花。

我们在情人节开心或落寞，满足或孤独。无非都是因为一个“心”字。

人是最敏感的动物。心在不在，谁都比谁清楚，谁都比谁会装糊涂。

留不住心，就用物质来代偿吧。

如果，平常日子里你已然甜甜蜜蜜，得偿所愿，你绝不会过分苛求一份情人节的礼物。很多人不爽的原因无非是平常就没有仪式感，该补偿的时候又没有个说法，连做做样子都懒得做。于是，小船说翻就翻。

◆ 2. 我们为什么需要仪式感？

我的外婆是一个相当有仪式感的人。当然，从前没这个词的时候，我外公偶尔会用“瞎折腾”来形容她。

她真正的生日我已经记不清楚了，只知道大概在农历的二月份。不是我不孝顺，而是从我记事起，她就将自己的生日改成了正月十五。

我外婆有五个儿女，外孙加孙子孙女共计十一人。儿女成家立业后，失去了很多团聚机会，加上我们小一辈，外地求学诸如此类。在一个平凡无奇的日子里，要聚齐所有人，绝非易事。有人谋生，有人谋爱，有人谋学。为了给大家都省去麻烦，她把自己的生日定在了正月十五，元宵节嘛，大家刚好都在家，就借着她的生日热闹一天。

我是极其喜欢她的生日的。长大后，参加过很多生日宴，大部分人都只是为了应个景。觥筹交错，推杯换盏，于宾朋散尽后，怅然若失。

唯有她，热烈的，真诚的，不厌其烦地把这一天当作最隆重的一天来过。

二姨给她添新衣。

三姨给她买蛋糕。

我妈，她的大女儿，总在这一天，绞尽脑汁想着送她点什么。

厨艺之高堪比大厨的两个舅舅负责置办宴会所需诸多饭菜。

几个女婿和儿媳也不会闲着，全都在忙前忙后。

所有宾客全是家人。

一群小孩子围在她身边转。踢毽子，丢沙包，捉迷藏（当然这是小时候的事情）。她总是坐在太阳下，眼睛眯成一条缝，听到谁说需要什么，便立马起身，大喊“来了，来了”。笑容几乎从未从她的脸上散去。于是大家也开心。

她的生日是实打实过了一天，从早八点到晚八点，比上班还准时，吃了中饭吃晚饭。

饭菜总是丰盛的。炸过的黄金芝麻球满盘流金，一支支竹签肉挤挤挨挨，填满了海一样蓝的盘子，堆成了小小金字塔的红烧茄子，番茄潋滟，青椒碧绿。生氽丸子颗颗银白，呼呼地冒着热气，一把香菜撒下去，清亮亮的，丸子慢慢地沉在汤底，像在星辉斑斓里放歌，像往青草更青处漫溯。鱼是永恒不变的主菜，有时清蒸，葱姜蒜切好了细细涂抹，出锅时，趁着热气，再撒上薄薄一层，香气立马就溢了出来；有时糖醋，炸得外焦里嫩的，汤汁鲜美甘甜，肉质紧实滑弹……

菜先行，汤后随。通常情况下，菜上齐了，便由最大的姐姐，领头唱生日歌，全家老老少少几十号人都会拍手跟着唱，中文一遍，英文一遍，这个习惯，在我的记忆里，保持了二十七年。然后，你们一定会以为接下来是切蛋糕、吹蜡烛、许愿。然而没有。这个在其他生日场合看起来最有仪式感的举动，外婆轻巧地避了过去。我们的蛋糕都是在下午玩饿的时候，才切开来吃的。

很多年以后，也有人开始为我过生日，当蛋糕捧出来，他们闹着让我吹蜡烛许愿的时候，我想起外婆的蛋糕。我在想，为什么她不许愿，后来我明白了，重要的根本不是那虚幻的愿望，而是，你爱的，爱你的恰好在身边。

外婆的生日，从今年起又改了，改到了大年初六，因为，十一个孙子辈的人也已长大，我们生活在不同的城市，正月十五的时候已经各奔东西。

外婆实现了真正的四世同堂，现在的她，有一个重孙，四个重外孙。她的生日宴，从一桌变成了三桌。她已经七十多岁，不能再听到别人一声喊，便灵活地起身。但她的眼睛依然常常眯成一条缝，阳光还像好多年前一样，静静铺满她的额头，她脸上的笑意和褶子悄悄重叠。

我和她开玩笑说，“姥姥，你的生日再改，就要改到大年初二了哦。”她很认真地想了一会儿，说也行。我说，你这生日过的估计真正的生日都忘了吧。

她说，哪天生日有那么重要吗？

有吗？从前我认为有，现在我认为没有。

我见过她哭，有两次。一次是六十岁生日那年，我们唱起生日歌的时候。一次是最近，她抱着只有三个月大的小外孙，看到大家举杯干杯。当然，她是偷偷地，当然，我也不会告诉她，我曾经看到什么。

我们家有两样非常珍贵的东西。一个是在她生日时请的摄影师拍的全家写真。

另一个，是她用了一年的时间，收集了五个小家庭的珍贵老照片，花钱剪辑成的大家庭影片。我在那个将近一小时的影片中，清晰地看到每一个家庭的成长，看到我的锦绣年华，看到她的繁华渐落。

我和她谈起“仪式感”这个词。她问我什么是“仪式感”。我想了好久，还是找不到合适的词来代替。我说，你可以理解为浪漫吧。比如你过生日，就有一种行云流水的浪漫。

她笑了，说，浪漫的不是生日本身，而是你们啊。我每年郑重其事地过个生日，不过就是喜欢你们在身边而已。平常呀，太孤单了。

我想起了某个情人节。其实一直以来也没刻意去过这个节日。然而那一年，我对出差在外的他说，你今年给我买个情人节礼物吧，就在那一天买，不要提前。

为什么？

因为，一直以来他都在身边，我知道彼此都在那里。当我们远隔千里，我需要一份礼物提醒我，我依然存在。

人生来即存在。每个人都追寻着存在感。我们为什么需要仪式感？因为我们渴望被证明自己是存在的，我们需要和身外的世界建立一个美好的联系。

我们生于世界需要生辰礼，当我们告别世界的时候，又需要一个葬礼。

也有例外的。他们往往内心强大，于是能和自己孤独相处，亦能随心所欲，不凭借仪式感去证明什么。

◆ 3. 你不必描摹谁的仪式感，你要以自己的方式过一生

我的朋友圈中，女性朋友相当两极化：一类活得精致文艺，一类糙得像个汉子。

悠悠属于前者。自小养尊处优，父母给她的教育，让她形成一种观念，女孩子一定要优雅。

她说话声音极轻，二人交谈，第三人是听不到声音的。她接打电话，像经过专业训练的客服人员。朋友聚会，她也喝酒，但浅尝辄止，在脸飞红晕之前，优雅拒绝。周末娱乐，她一般是画画和瑜伽，

都是安安静静的活动。

在很多人眼里，她是一个极具仪式感的姑娘。出门换衣化妆至少一个小时，特定场合会有特定的衣服，除了运动，其他时候都是高跟鞋。读书，要有轻音乐相伴，和男友相处，像浪漫的言情剧，早安 kiss 晚安吻。过生日，她会庄重地送你包装精致的礼物。她的人生，像江南女子手中的锦绣，丝丝缕缕，都是千挑万选，用十足的心意，虔诚的眼神。

同为好朋友的萌萌曾经对悠悠的生活羡慕得不得了。当然萌萌属于后者，是一个大口喝酒，大口吃肉，大声说话，给我们大讲桃色段子的糙女汉子。

“仪式感”这词儿刚兴起的时候。她和我们说：“完了，我就是那种毫无仪式感的女人。”

受朋友圈各种“仪式感”文章的刺激，她发誓要像悠悠同志学习，做一个合格的女人。然而，不过一个月的时间，我们都被折磨得受不了，集体下跪求她赶紧撕下现在的“画皮”。

她沮丧地说，看来自己真的只能做个“仪式感绝缘体”了。

前几天，和她又聊起这个话题。我说，你现在的样子就挺好的，充满了仪式感。

她火急火燎地问："哪里有仪式感了？"

"你用心生活的样子就是仪式感啊。"

"你只是性格大大咧咧。可是你工作积极认真，我们同年毕业的同学里，就数你能力强，升职升得快。"

"你对待朋友真心实意，在我们需要帮忙的时候，不遗余力，这些不都是仪式感吗？每个人的仪式感是不一样的，只要你让别人感受到了你的真心，你就已经表现了你的仪式感。我们郑重其事，我们刻意端起一个仪式范儿，不都是为了用心让生活更美好吗？你已经做到了啊。只是，每个人的方式不一样罢了。"

无须描摹别人的仪式感。用心工作，用心待人，用心维系感情、家庭，用心和这个世界相处，你就已经拥有了仪式感。

我们只需要以自己喜欢的方式过一生，未曾愧对别人，亦未辜负自己。

小船那么稳，你要感谢你自己

“船”说：

人生如逆水行舟，一不小心，小船说翻就翻。磨难、伤害都是行船的阻碍，你最终闯过漫天风雨，是因为你足够厉害。其实，你要感谢的，是那个不放弃的自己。

◆ 1. 你要感谢机遇，更要感谢坚持的自己

2015 年，因为几部电视剧的热播，王凯迅速火爆荧屏，成为 2015 年娱乐圈的现象级男神，完成了他成为知名演员的梦想。当他站在领奖台上，微笑着致谢所有人之后，他说了一句话。他说：最后，我要感谢我自己。

感谢那个不放弃的自己。

台下，嘉宾和观众都笑了。

我心里当时想，真是一个耿直的boy呢。人家都是感谢A、B、C、D，巧妙地掠过自己。唯独他，轻巧地说出那么一句真心话。

然，唯此一句话，不费吹灰之力，戳中了内心深处的防备。

为什么不呢？自己才是那个软肋，又是那个盔甲啊。

很多人把王凯定义为一夜走红。其实，哪有什么真正的一夜走红呢？早在很多年前，我已经看过他出演的电视剧，他像小透明一样，横跨了我的少女时代。

王凯说，他从来不认为自己是一夜成名。

在那一夜之前，多少个黎明与黑暗交替而过。衣锦夜行的孤独坚持，更多时候，落入芸芸众生眼中，并非感动，而是好笑。

很多年来，他内心只听得到一种声音：会越来越好的。这个，恐怕是所有在疲惫世界中坚持英雄梦想的人之间，共同的心声。

我常对自己说：怕什么呢，最坏不过是大器晚成。

前几天，和几个出版圈以及微信大号牛人聊天，说起一些在网络上爆红的作者。我感慨：真是厉害啊，只用短短的几个月就火了起来。

他们纷纷对我摇头：不不不。

“姑娘，有些事情，你要看明白，他们可不是一蹴而就。在没火之前，他们耗费了多少精力在读书与写作上，你是不可能知道的。就拿某某来说吧，我认识她已经很多年，她的阅读量和创作量都多得惊人。熬了这么些年，才开始慢慢出头。你要是有她的坚持和阅历，终有一日，必有斩获。”

不得不承认，我又一次狭隘了。习惯性地看到别人的闪闪发光，自觉地忽略他的汗水磅礴。从前我一直认为，人的运气有好坏之别。为着逃避，把失败归咎于时运不济。

直到后来，我开始渐渐相信，那些能一路越走越好的，绝非运气主宰，而是实力所趋。**运气，最多让人昙花一现。若你足够好，你终将能遇到你所渴望的。**

正如王凯所说，他感谢机遇，但他更感谢红尘跋涉中苦苦坚持的自己。

◆ 2. 你真的不用感谢苦难，你要感谢苦难中挣扎的自己

我有一个小叔，比我大六七岁，未满三十岁已经是四川一家科技控股公司的总经理，前两年娶了一个比我还年轻好几岁的姑娘，日子过得羡煞众人。

我读高一那一年，他在国内最知名的理工学校上大学，成绩优异，尚未毕业已经有好几个企业想与他签约，其中一家公司给出了支付大学全部学费，赠送一套房产的优渥条件，希望能够签他五年。

所有的亲戚都眼红，感叹他有出息，运气好。

除了感叹的，更绝者身体力行，比如我老妈。

她坚持认为，是困境，成就了小叔的飞黄腾达，并秉承这种理念，无比强硬地为我安排一条浴火之路，认为只要烧不死我，就算被熏得面目全非，也照样能成为一只黑乎乎的凤凰。

我横冲直撞的少女时代到此结束，此后我几乎天天在和别人比惨。听说隔壁王小二天天读书至凌晨，打个盹儿，他妈就抽他一鞭子，抽怕了，成绩一飞冲天。我妈也效仿，抽我，她下不去手，于是改成不给零花钱，不让看电视，不让出去玩。现在想想，觉得真是尴尬。然而当时，我也深信不疑，唯有苦难才是成功最有效的助推器。

因为小叔的确从漫天苦难中路过。

小时候，读书里的故事，看别人描写贫穷，贫到卖儿卖女，穷到饿死街头，心里会想，真的有那么穷吗？我的家乡虽不富裕，但大部分人衣食无忧。

然而，只要每次过年去到小叔家中，我便会对“贫穷是会死人的”这件事情有新的认识。是真的穷，家里三个孩子，永远没有新衣服穿。对小叔最深的印象是，他积年累月穿着打满了补丁的棉袄，鞋子灰扑扑的，辨不出原先的颜色，鞋帮和鞋底裂开了长长的口子，用麻线潦草地缝着。

小叔有个姐姐，一头长发像瀑布一样非常美丽。然而，第二年我再去，长发没了，变成了不规整的齐耳短发。头发卖了，她说，能卖50块钱呢，真值，够家里一个月的生活费了。

最难的那一年，三个孩子，小叔和姐姐读高中，哥哥念大学。实在供不起，姐姐自动放弃了学业，早早地到大城市打工，吃糠咽菜，一分钱掰成两半花，饶是如此，家里还是穷。

穷也罢了。可怕的是贫穷带来的自卑感如影随形。小叔成绩佼佼，但只要一走进考场，便有无所适从的不安。

所以，高考，他考砸了。不甘心，复读一年，仍然考砸。所有人都劝他差不多得了，以他的分数，上个本科还是轻轻松松的。

他放弃的理由有千万条：家里穷，再读下去就是再抽父母的筋，剥父母的皮；上了大学也未必就有出息；已经两年了，谁知道第三年会不会更惨？

他不放弃的理由只有一条：人生的小船不能就这么说翻就翻。

于是，他说服父母，屏蔽周遭的目光，第三次参加高考。

其后四年，他在梦寐以求的清华大学攻读建筑系。再后来，他便有了而今的成绩。

前几天，和他聊天。

我说："你知道吗？你考上大学的那几年，我过得那个'惨绝人寰'啊，我妈说，吃得苦中苦，方为人上人。想尽办法逼我吃苦。认为我只有经历了和你一样的痛苦，才能有和你一样的成就。"

他也笑。"你知道吗？这是第N个人告诉我同样的话了。我还是最近才知道，吃苦在别人眼中也是件好事。"

我吃惊于他语气中淡淡的无奈与不屑。但转瞬又恍然大悟，但凡曾被苦难深深折磨的，恐怕都不认为那是一件幸事。

小叔说："我从不感谢苦难，真的。最煎熬的时光里，别人质疑的眼光，一贫如洗的家境，从来没有让我更强大，只是让我更畏首畏尾。每一次从泥潭里挣扎出来，靠的不过是那点坚持。现如今，再看过去，说感谢倒不如说庆幸，还好那时候，自己没放弃。"

如果放弃了，所有的苦难都不值得一提，人们只会为你叹一句“命运多舛”。但因为没放弃，而今这些苦难成了皇冠上的宝石，人们会说这是上帝的馈赠。

很多时候，人是双标。

真正从苦难里摸爬滚打出来了，才能知道，**重要的不是你承受了什么样的痛苦，重要的是穿过这些重重行行的苦难，你是个什么样的人。**

有人说，你要配得上你受的苦难。

不不不。

你唯有打败苦难，让它配得上你。

◆ 3. 你不用感谢伤害，谢谢自己就够了

身边有个很要好的朋友，从小到大，什么都很顺。唯独感情，走一步错一步，像是得罪了月老，所以他老人家一激动，就千挑万选一堆烂男人送到她身边。

每次恋爱都以皆大欢喜开场，最后以覆水难收结束。明明只是贪一点真心，结果月老抽完她左脸，再打她右脸，用最冰冷的现实告诉她：想多了。

初恋，在大学时期。男生疯狂地追求她，送花送礼物，送到整个寝室楼呼喊声此起彼伏，为了不让更多人知道她的名字、年龄，星座、血型……她最终答应与他交往一段时间。

刚开始约会的时候，无限甜蜜，一度被奉为校园“金童玉女”。她逐渐进入状态，有点飘飘然，被宠溺的感觉毕竟很爽啊。

没爽多久，像百米冲刺一样，她刚做好准备，对手已经到终点了。跑到终点的他，带着嘲笑的眼神看向她：“我们分手吧，我从来没有真的爱过你。”

她既惊愕，又愤怒。

对方轻佻地撂下一句话：“你只是长得有点像我的前女友。分手后，觉得寂寞，想着玩玩，所以追的你，现在她回来了……你懂的。”

真 ×× 啊！原来她只是淘宝买家秀。哎，爱情的小船说翻就翻啊。

其后，她遇到了各种各样不靠谱的男人。某一个，相亲中，花式七十二样炫耀自己如何多金，买单时，花式七十二样装傻 ×，她实在忍不下去，自己结了账。

还有一次，某任男友以家人生病急需用钱，借走了她手里的钱。

后来，她以出国旅游需要用钱的借口，试探了一下，果然，那个男人当即表示要把钱还给她，却在第二天，消失得无影无踪。

还好，这些感情都是蜻蜓点水，并未伤得太深。不过，总归有点感慨。她在某个夜晚在朋友圈里发了一条状态：踩着伤害成长起来。

某个前任，恬不知耻地回复：

“所以你应该感谢我们曾经并不故意的伤害。”

“对啊，谢你当年不娶之恩，现在我才没有过得那么惨。”

然后，那个男人把她拉黑了。亏她以前还想着爱情不在，做个朋友也行，谁知友谊的小船，说翻就翻。

其实，伤害了就是伤害了，如果不能大方承认，真诚道歉，至少也别再找借口站在道德的制高点，反过来寻求他人的感谢。

那些后来变得很厉害的人，不是因为伤害磨炼了心志，而是因为心坚志定，所以承受得住伤害。

但那些砥砺岁月里，因为伤害而带来的失落、绝望，曾真真切切存在过。它差点杀死一个少女对爱与世界的信任，如果不是后来那些美好的人与事，她早就死在这些伤害里。

所以，那些伤害我们的人，我们应该感谢你什么？

感谢你当年手下留情，没把我们逼到无路可退？

小叔说：如果人有顺境可走，谁愿意逆水行舟？

惊涛骇浪、暗礁流石，闯过去了固然好，也因为闯过去了，所以那海阔天空才显得格外珍重。但如果闯不过去，翻掉的小船永远沉没海底。**磨难、伤害就好像行进中的暗礁，它不会助力你的抵达，只会牵绊你的脚步。**

人会死于安逸，但更多时候，死于无休止的伤害。

如果说困境有什么值得感谢的，大概就是衬托吧。衬托了自己的坚持，也让人懂得珍惜。

所以，不如谢谢你自己。谢谢那个坚持的自己，拼命的自己，在伤害里不放弃的自己。如果没有当年的你，就没有现在的你。而伤害，不如一笑而过，不如从未遇见。

我希望每个人，都可以不从漫天的伤害里走过，通往美好的道路上，少一些披荆斩棘，多一些纯真善意，便少一次翻船的厄运。

小船不翻的前提是，自信做你自己

“船”说：

梦想说沉就沉，很多时候是因为你不够自信。亦舒说，真正有气质的淑女，从不炫耀她拥有的一切……因为她并没有自卑感。自卑像泥流暗礁，让你的梦想小船停滞不前。

我发誓，在十八岁以前，自卑这种体验，我是看着别人被虐，自己幸灾乐祸。

姐姐在她初中一年级的作文《我的妹妹》里写道：“我有过最羡慕的人，那应当是我的妹妹。她像上帝的宠儿，唱歌比我强，跳舞也好看，一手毛笔字写得爷爷都称赞，长得又那么甜美。”

没错，我就是那个人见人爱、花见花开的小可爱。

妈妈在街坊邻里间花式七十二变夸赞我：漂亮、聪明、机灵、嘴甜，等等等等。

然而极少当面夸我。有一次，我晚上听到她和爸爸的悄悄话：不能当面夸老二，太骄傲了。

所以，你看，自卑是个毛，关我何事。

当然，你知道，文字码到这里，通常会以一句“但是”转折。就像坐过山车，飞到了最巅峰，总会有 180 度转弯，这样才够战栗，才有观众。

人生仿佛也如此。

我的骄傲岁月，随着高考的一败涂地，崩塌如粉尘，带着浓烈的 PM 2.5 爆表值气息，入肺即伤残。

说人话，就是，我被失败虐得死去活来。

有多失败呢？

我的班主任老师兼“闺蜜”的老爸信誓旦旦对我老妈说，考上重点大学绝对没问题。

然后我以 551 分收场，只考上了一个极其一般的学校。（某省人，这个分数恰好是我们的二本线。）

那个羞耻感啊。那颗碎掉的玻璃心啊。那个没脸见人呐。而我那毫无眼力见儿的老妈，还伤口上撒盐地来了那么一句：心比天高，福比纸薄。

妈，你老实说，我是不是你和老爸买自行车送的？于是，我整个暑假，都在暗无天日的自卑中度过。我深知，这种自卑与别人的评价无关。小时候，看不惯我的，人山人海，我还不是以眼还眼地瞪回去。

可是，现在，如果有个人站在我面前，指着我的鼻子骂一句：傻 ×。

我什么都不会做，我只会赞同地点个头，默默给他点个赞：你说得真好，我就是个傻 ×。

这才是最刻骨的自卑：不是别人说你不行，所以你觉得自己不行。而是，你自己已经先入为主地把你否定了。

甚至，它是一种深度催眠。高考造成的自卑后遗症，几乎影响了我迄今为止的十年人生（没错，我就是二十八一枝花）。

在那以后，我做什么都很努力，但是一旦到了要一个结果的时候，我就很犹疑，很惶恐。我会不由自主地给自己暗示：努力有什么用，你就是个 loser。

这种情形在各种考试面前显现地尤为突出。比如考大学英语四、六级，平常我成绩很不错，但是第一次考试的时候，我的成绩只有 424 分，你看，1 分之差。

这种打击是极其沉重的。

说到底，自卑是一种变态的心理。它是存在于暗黑中的敌人，不动声色地搬弄是非，不用千军万马，就能击垮你的人生。与自己相比，没有什么更强的敌人了。

但是，打败它，也很简单。自卑如影随形，站在黑暗里，你永远找不到它。但如果你走到阳光下，就能精准地看见它。当你奋起反击，它便烟消云散，不战自败。

对于每一个自卑者来说，重要的是如何走到阳光下。

我的方法是：付出比别人更为艰辛的努力。不留侥幸心理，哪怕是在最差状态下应对一项任务，都能达到及格线。先不要求最好，自卑的袭来是一瞬间的，送它走却是抽丝剥茧的过程。但是，记住，这种努力，不能只是做做样子给别人看，那叫糊弄，真心没意思。

举两个例子。

我大学的专业是日语。学校要求是大二考二级证书，大三考一级证书。我是在大一下学年考的。对于一个毫无日语基础的人来说，半年考二级（大概相当于英语六级吧），有点痴人说梦。

我的日语老师说："你能考过，除非是奇迹，奇迹要是发生了，我请全班同学吃饭。"

然而，那时候，我已经遭受了一次英语四级的打击。我对自己说，我一定要很努力，证明他们是错的，证明我并非一事无成。更重要的是我知道，如果我再次失败了，也许以后我都不会成功了，我会成为一个暗淡无光的丑小鸭，我会成为我讨厌的自己。

天知道，我有多努力。

早上八点，其他同学刚从被窝里起来，我已经在自习教室背诵了一个半小时的单词。上课的时候，老师的每一个字我都不敢放过，课堂笔记也是密密麻麻，直到现在，回头翻看那本《日语基础》，我都能看到那时努力到闪闪发光的自己。我几乎不逛街，更别提买包了，我把所有的时间都用来啃语法、背课文、练听力。我喜欢记日记，但大学四年，我的日记全是日文的，虽然写得很吃力，但是每一篇我都会缠着我的外教帮我指导。晚上九点以前，我同样还在自习室，啃着厚厚的日语二级考试题。唯一的休息，是用电脑看电影，毫无疑问，是日文原声，日文字幕。

我深刻地记得，那时候陪伴我的是室友静静，谢谢她，能让我静静。

大一的冬天，我去北京大学考了日语二级。当然，我还是很有压力，舍友说，我各种给自己施压，结果未必好。

但是，那一次，我通过了。如你所知，并不完美，也不幸运。我考试的耳机出了问题，导致我的日语听力只有十几分（满分 100 分），然而阅读、单词、语法几乎都是满分，所以，我仍然通过了（感谢那时候日语考试还没有单科限分）。

那时候，我就知道，压力大又如何，心态不好又如何，考试过程不顺利又如何？只要你准备地足够好，好到没有一丝侥幸，好到在最不有利的情况下，也能从容应对。那么，你终能过得了自己这一关，也过得了别人那一关。

我经常对自己说，我不是幸运的人，所以不要幻想上苍眷顾。

想不被嘲笑，唯有一直努力奔跑。

我的自信就是这样一点一点被拽回来的。你看，没有别的办法。

我努力工作，绩效不错。我努力写书，虽未出头，但终会成功。我努力生活，日子还算可以。

时至今日，我想我可以肯定而且自信地对自己说一句：我没有变成我讨厌的自己。

然而，还有一些自卑，看起来匪夷所思。比如我的某同学。

在很多人看来，他应当属于人生赢家。拼爹有爹，拼颜值有颜值。

然而，他非常不快乐。留学归来之后，一心想投身销售管理的他，被父母安排在一家银行工作（而且不是柜台那么简单）。朝九晚五的铁饭碗，车子、房子、票子样样都不缺。

我等草民不要太望尘莫及。

然而，他告诉我，他自卑。我当时心中一万头 ××× 呼啸而过，大哥，你要闹哪样？

试问，你浑身上下，哪里看出自卑了？

我要有你这样的命，我一定转到天上去。

他拍拍他的心，说这里自卑。所有人都觉得他是“作”的，矫情。

然而，他说了一句话。

“萝莉，你当初为什么那么自卑？不就是因为那种状态不是你想要的吗？我也一样。自卑不自卑不是你们怎么看，而是我自己怎么想。”

然后，我就有点理解他了。就是这么没节操。的确，我当时铺天盖地的自卑，是因为我不喜欢那个孬种的自己。哪怕别人看来没什么大不了，然而，我还是不留余地地否定了自己。

他也一样。纵然外人看来繁花似锦。可是，在他心里，他现在的一切都是父母的人生。骄傲的应该是他的父母，而不是他。

出国留学是因为家里有钱，和成绩无关。

到银行工作，是因为他们整个家族都处于银行体系，人家看的是他爹以及他爹的爹的面子，和他努不努力一毛钱也没有关系。

他眼中的自己是什么样呢？

懦弱——不敢违逆父母的意思。

可怜——连自己对于工作的爱好，都不能随意选择。

失败——没成就，没理想，没情趣，与想象中的自己差着孙悟空的筋斗云。

所以，自卑这玩意儿，和有没有钱关系还真不大。关键还是取决于自我认可的程度。而，至于你会不会认可自己，我认为只取决于两样东西。

第一，你是不是过着自己想过的生活。

第二，你是不是变成了那个自己都稀罕的自己。

如果，以上两样，你都合格了。基本上你不会自卑。如果，都这样了，你还自卑，很可能，你抑郁了。

听说，某同学在工作之余和其他几个人投资了一个土特产品团购网站，经营得还不错。现在，他已经能得上天了。

所以，克服自卑，从改变不喜欢的生活开始。

不着急，时光你不用催，该来的我不推。

爱情不必将就，人生不用勉强

“船”说：

你真的不必将就，最好的人，最后才相遇。你真的不用勉强，你的优秀，值得最好的来配。

这两年写过不少民国和古代女子，关于她们的谋生谋爱以及一生挣扎。

最近，编辑和我沟通，能不能写写我自己。我心想，我有什么可写的，既不倾国，又不殃民。

他说：平凡亦有平凡的可贵。比如，你们女人是怎么看待男人的？

我一听，挺来劲儿，平生爱好无几，唯男人、读书、挣钱而已（开个玩笑哈）。

所以，我立马搬来小板凳，穿上小马甲，嗑着小瓜子，来和大家聊一聊男人。

◆ part 1　女人一定要有男人吗？

我曾经和我老妈说，我这个人怎么样都无所谓的，单身或者结婚，要孩子或者不要孩子都无所谓。

一切看机缘变化，听从内心诉求。反正我单身的时候，也是个快乐的 2B。

我老妈还算开明，从未逼婚于我，她亦认为很多事情急不来。

她对我说：一个女人还是要有男人，不然太孤单了。这是一个母亲对女儿发自肺腑的心疼，我心铭之。

然而，一个女人一定要有男人吗？

这个问题，对于一个古代女子来说，答案是肯定的。

当时的男权社会里，女人是男人的附属品，大部分女人并无经济独立的基础。

但对于当下新时代的女性来说，不少人的答案是否定的。这个时代里，很多女人和男人一样，靠自己的双手与智慧，拼出一个小天下，甚至比男人更优秀。

她们不需要苟延残喘等待任何人的施舍。

我始终认为，男人对于女人的意义有三个：

第一，经济伴侣。

第二，性伴侣。

第三，精神伴侣。

第一条，置于当下，对独立女性来说，已经失效。

第二条，不往深处谈了，也不是所有人的选择了。

唯一能让女人放下戒备，飞蛾扑火的大概只能是第三条。

朋友嘟嘟是个大龄未婚女青年。目今，被各种人士劝婚，她很配合地去相亲，却绝不将就着结婚。

她说，每一次当她自己挣钱，自己旅行，自己烧一手好饭菜，甚至修个马桶换个灯泡都能自己解决的时候，她总在想，她还需要一个男人吗？

她无数次相亲，见识过形形色色的男人。通常几句聊天之后，对方就在心里过去了。因为太无趣了。

有人说她挑剔，有人说她患了单身癌，她连连摇头，不不不，我其实迫切地需要爱情。

对，是爱情，而不是男人。

对于女人来说，男人和爱情是不一样的。我需要爱情，这一点男人可以满足，但不等同于他是一个男人就能给我爱情。

徐志摩说过一句话："我将于茫茫人海中访我唯一灵魂之伴侣，得之，我幸；不得，我命，如此而已。或得则吾生，不得则吾灭。"

几乎可以成为很多人对爱情的向往。

将这一向往实践地无比完美的是张爱玲的姑姑张茂渊，她固守单身七十八年，才嫁给了自己的初恋。虽然其中颇多周折，但终其一生，她的确不折不扣的不将就。

张爱玲也说过一句类似的话：“于千万人中遇见你所要遇见的人，于千万年之中，时间的无涯的荒野里，没有早一步，也没有晚一步，刚巧赶上了，那也没有别的话可说，唯有轻轻问一句：‘哦，你也在这里么？’”

我无法代表任何人的意见。但，这是很多年里，我对爱情胼手胝足、孜孜以求的唯一理由。

对，不是为了改造后代基因，不是为了寻找固定的 ATM 机，不是为了搭乘阶层直升机。

而只是因为电光火石，心驰电掣间，忍不住感叹一句：我……不是一个人啊。

多好，这条披荆斩棘的人生路，我砍柴砍累了，淘宝淘腻歪了，一回头，发现你就在身边，我们还能来场关于情操的对话，我们还能把兴趣拼接到一块，让这场筚路蓝缕来得不那么无聊，行进的途中也不至于谁给谁添堵。

够了，真的够了，我想这是我需要一个男人最忠实的理由。其他的皆为基于此之上的点缀。

如果，在这之外，他很帅，很多金，很有地位，我真的一点都不介意好嘛（偷笑）。

谁说爱情一定是要跟着一个人吃糠咽菜，举目无望呢？

但又如果，他钱不多，人不帅，也没啥地位，我也真的没那么care，你怎么知道我们在一起过得不快乐呢？

对于女人来说，真的不是我们不想找个男人，我们只是有点贪心，希望他踩着祥云接我的时候，没忘记把爱情带上。

◆ part 2　我们需要结婚吗？

亦舒在《她比烟花寂寞》里，借徐佐子之口说过一段关于婚姻的话：

“维系婚姻有很多因素，有些人为求归宿，有些人为一张护照，也有人为爱情，为饭票，或为扬眉吐气，林林总总，数之不尽，关系千丝万缕，目的未达到之前，哪有那么容易分手。”

我们需要结婚吗？

需不需要，要看是不是有所求。

所以，问一句你需要结婚吗？

不如问一句，你对婚姻有所图吗？

两个人在一起，总要相互图点什么。

若非灵魂之相系，便用其他来代偿。要么有很多很多的爱和快乐，要么有很多很多的钱……

对于每一个女人来说，结婚的时候不妨问自己一句：我为什么要嫁给他？

也许答案是：我爱他，想被法律被世俗承认这份爱，嫁给他，我很快乐。

也许答案是：我不爱他，但和他结婚后我的生活品质可以提高，我得到了我想要的。

也许答案是：我也不知道图什么，可是不结婚行吗？

我姐姐三十岁那年依然单身，全家所有亲戚，都比她迫不及待。

但凡有点过得去的男人都想塞给她。年龄小？无所谓！长相差，无所谓！不喜欢，无所谓！赶紧嫁吧，再不嫁来不及了。

于是，她问自己，为什么要嫁？她找来找去只有一条理由：世俗的偏见与压力。

她突然就想明白了，嫁不嫁，不怕了。

她淡然回应：我知道自己在做什么。

总不至于为了当别人口中的正常女人，便潦草交付自己。如果后半生如噩梦般难醒，谁能负责。

去嫁想嫁的人，或者好，或者坏，总归用心选过。

她后来，还是嫁了，是一个自己等了很多年的人。

◆ part 3　嫁给爱情，还是金钱?

这的确是个问题。坦白说，这两者从不敌对，可以兼得而且没有定论。

关键在于你想要什么。

有的人很爱很爱钱，有的人很爱很爱某个人。

但除此以外，更关键的是你要得到什么。

比如，我想要 TF 三小只、王凯、老胡与老霍都成为我的后宫。

可我要得起吗我？

问问自己，当我们一无所有的时候，让别人为我们挥金如土，是不是有点强人所难。

世间万物，总要有个理由不是么？你想要很多很多的爱，凭什么？你想要很多很多的钱，凭什么？

永远不要相信所谓的莫名其妙爱上你。

从来没有什么事情是不问缘由的。

所以，如果有人问我，要钱，要爱？我会说：我想先赚钱，然后嫁给爱情，然后和那个人一起，继续赚钱。

说得高大上点：因为女人独立挣钱的本事，远比钓金龟婿的本事更让人激赏。

说得实在点：因为，这明显才是靠谱的节奏啊。

我们早该明白：活得任性的能力一向是自己给自己的。

爱情也好，婚姻也好，都不能真正拯救我们什么。

爱与幸福是一种能力，你可以独自拥有，也可以分享给别人。

男人，爱情，婚姻，三码事。

愿我们在爱不爱，嫁不嫁，要不要钱的问题上，都能想明白自己要的是什么。

愿大家都拥有幸福的能力。从不将就。